MONIKA HELFER

HÉRITAGES

roman

Traduit de l'allemand
par Dominique Autrand

ALBIN MICHEL

« Les Grandes Traductions »

Ouvrage publié sous la direction
de Dominique Autrand

Édition originale parue en Allemagne sous le titre :
DIE BAGAGE

Pour mes Fâcheux

Tiens, prends les crayons, dessine une petite maison, un ruisseau un peu en dessous de la maison, une fontaine, mais ne dessine pas le soleil, la maison est dans l'ombre. Derrière, la montagne – comme une pierre verticale. Une femme debout devant la maison, elle étend la lessive sur une corde, la corde est assez lâche, fixée entre deux cerisiers, l'un à droite de la véranda qui mène à la porte d'entrée, l'autre à gauche. La femme est en train d'accrocher une barboteuse et une brassière, c'est donc qu'elle a des enfants. Elle lave souvent, les affaires des enfants, celles de son mari et les siennes, elle possède un corsage blanc particulièrement beau. Elle voudrait que sa famille soit propre comme les familles de la ville. Elle a beaucoup de vêtements blancs, ce qui met en valeur ses cheveux foncés et ses yeux foncés, les cheveux foncés et les yeux foncés de son mari. Les autres en bas au village portent rarement du blanc, même pas le dimanche pour certains. Elle a un visage grave, un regard profond. Dessine les yeux au fusain. Ses cheveux sont plaqués sur sa tête, ils sont noirs, mêlés de brun parce que le fusain est cassé. Les bons crayons de couleur ne brillent pas, d'ailleurs ils sont chers.

La réalité s'engouffre dans l'image, froide et sans pitié, même le savon se fait rare. La famille est pauvre, juste deux vaches, une chèvre. Cinq enfants. Le mari : il a les cheveux noirs comme la femme, des cheveux luisants comme de la laque, c'est un bel homme, deux fois plus beau que les autres. Il a un visage mince, mais sans joie, semble-t-il. La femme : elle a tout juste trente ans, elle sait qu'elle plaît aux hommes, elle n'en connaît pas un seul pour lequel elle ait des doutes. Quand son mari l'attire contre lui, il sent ses seins et son ventre, il l'a dit exactement comme ça, un voile noir lui tombe devant les yeux et il s'écroule de fatigue sur le lit. Elle se déshabille à la hâte, s'allonge à côté de lui, et elle sait qu'il fait juste semblant de dormir, il ne risque pas la panne. C'est pour ça qu'elle a gardé sa fine chemise. Pour que tout ne soit pas trop évident tout de suite. Elle regarde le ciel nocturne par la fenêtre ouverte. On ne voit même pas la lune apparaître derrière la montagne. Parfois elle est déjà passée, on aperçoit son halo sur les cimes. Un enfant pousse un cri, elle sait lequel, puis un autre pleure, elle sait lequel. Mais elle n'arrive pas à se lever, elle n'est pas fatiguée, je suis juste une mollassonne, pense-t-elle. Quel âge atteindrai-je, pense-t-elle.

La fillette, trois ans, est debout devant le lit, en pleine nuit. C'est Margarethe. Grete. Elle tremble.

« Maman », chuchote-t-elle.

Sa maman chuchote elle aussi : « Viens. »

La petite grimpe auprès d'elle sous la couverture. Il ne faut pas que le père le sache. La fillette ne se couche pas entre ses parents, elle s'allonge au bord du lit. Elle doit se tenir pour ne pas basculer, tomber sur le plancher, le lit est haut.

Cette fillette, c'était ma mère, Margarethe, une timide qui baissait la tête et cherchait les jupes de sa mère chaque fois qu'elle croisait son père. Le père était gentil avec les quatre autres enfants, il était plutôt gentil dans l'ensemble, et il le serait aussi envers les deux enfants qui naîtraient plus tard. Il détestait juste cette petite fille-là, cette Margarethe qui allait devenir ma mère, parce qu'il pensait qu'elle n'était pas de lui. Il n'avait pas de colère contre elle, pas de fureur ; il la détestait, elle le dégoûtait comme si elle allait garder sur elle toute sa vie l'odeur de l'intrus. Il ne la frappait jamais. Ses autres enfants parfois. Grete jamais. Il ne voulait pas la toucher, même pas pour la frapper. Il faisait comme si elle n'existait pas. Jusqu'à sa mort il ne lui adressa pas la parole. Et elle n'avait pas souvenir qu'il l'eût jamais regardée. Ma mère m'a raconté ça, j'avais huit ans à peine. Mon grand-père ne voulait pas avoir affaire à la timide. Pour ma grand-mère c'était une raison de cajoler la timide plus que ses autres enfants et aussi de l'aimer plus que les autres. Maria était le nom de ma belle grand-mère, après laquelle tous les hommes auraient couru si tous les hommes n'avaient pas craint son mari.

Mais j'anticipe. Quand cette histoire commence, ma mère n'est pas encore née. Quand cette histoire commence, elle n'a même pas été conçue. L'histoire commence un après-midi où Maria étendait une fois de plus sa lessive sur la corde à linge. C'était au début du mois de septembre 1914. Elle aperçut le facteur en bas sur le chemin. Elle le vit arriver de loin.

De la ferme, on avait une vue plongeante sur la vallée jusqu'au clocher de l'église qui pointait au-dessus des tilleuls. Le facteur poussait son vélo parce que la montée était raide pour atteindre la petite maison et que le chemin après la bifurcation n'était que grossièrement empierré. L'homme était épuisé, il voulait qu'on l'appelle adjoint, facteur adjoint était le terme officiel pour désigner sa fonction, il portait un uniforme aux boutons étincelants, il transpirait, il avait desserré sa cravate, ouvert son col. Il ôta sa casquette, une seconde, le temps de saluer et de s'aérer. Maria recula d'un pas quand il lui tendit la lettre. C'était une lettre bleue avec un petit coupon détachable sur le dessus. Ce coupon devait être signé et renvoyé à l'expéditeur. L'expéditeur était l'État, il voulait détenir une preuve tangible. L'adjoint savait qu'elle savait qu'elle lui plaisait et même davantage. Il savait aussi qu'il lui était indifférent. Il était moitié moins girond que Josef, son mari au regard ténébreux, si tant est qu'un physique girond soit divisible ou multipliable par deux.

L'adjoint désapprouvait la façon dont les hommes du village parlaient de Josef et de Maria. Les enfants ne prouvaient rien du tout, en tout cas pas qu'un homme savait y faire ou qu'il pouvait le faire, même quatre enfants ne voulaient absolument rien dire. Une femme peut avoir des enfants même si son mari ne lui plaît pas, c'est la nature, et la nature n'a rien à voir avec l'amour, et même si le hasard veut qu'on s'appelle Marie et Josef, ça ne veut strictement rien dire, ce serait même plutôt le contraire. Les hommes auraient bien aimé. Ils auraient peut-être eu une chance auprès de la belle Maria, pensaient-ils. On ne voyait quasiment jamais les deux époux venir ensemble au village, les hommes en tiraient leurs conclusions, pour eux c'était une preuve supplémentaire. Et quand on les voyait, ils n'étaient pas joyeux l'un avec l'autre, pas attentifs l'un envers l'autre, Josef toujours sérieux pour ainsi dire, et Maria aussi en général, comme s'ils venaient de se disputer. Mais les hommes n'y étaient pas du tout. Maria aimait bien être couchée dans les bras de Josef, elle avait du tempérament. Et son mari aussi, parfois. Quand ils étaient au lit ensemble, ces deux-là, ils n'étaient pas près de souffler la lampe. Ah ça non. Et quand ils avaient soufflé la lampe, il leur arrivait de rester encore un long moment à parler.

L'adjoint ne distribuait le courrier à cette distance du village qu'une seule fois par semaine, parce que c'était loin et fatigant d'aller jusque là-haut. Et puis Maria était rarement seule, elle était rarement devant la maison, souvent il frappait à la porte et personne ne lui ouvrait. Alors faire tout ce chemin pour des clopinettes ? Il aurait préféré que les gens vivant éparpillés à l'extérieur du village et dans les hauteurs aient des amis en bas, un ami au moins en qui ils aient confiance, chez qui il aurait pu déposer les lettres, et ils seraient allés les chercher eux-mêmes. Mais une lettre de l'État devait être remise en main propre. Aujourd'hui je pourrai au moins la voir, se disait l'adjoint.

Le village pris dans sa totalité était très étendu, de l'église à la ferme la plus éloignée il y avait une bonne heure de trajet. Six fermes étaient situées à la périphérie, derrière c'était la montagne. Ceux qui habitaient à son pied et dans son ombre n'étaient bien avec personne au village en bas, et pas non plus entre eux. Ne pas être bien signifiait qu'on ne voulait pas savoir comment allait l'autre, ça ne signifiait rien de plus. Ils habitaient là parce que leurs ancêtres étaient arrivés plus tard que les autres et que la terre y était la moins chère, et la terre y était la moins chère parce qu'elle était très dure à travailler. La dernière maison, tout au bout là-haut, était celle de Maria, Josef et leur famille. On les appelait « les Fâcheux ». Cela remontait aux temps où le grand-père et le père de Josef étaient porteurs, c'était le lot de ceux qui n'avaient pas de famille, pas de toit solide au-dessus de la tête, qui allaient de ferme en ferme demander du travail et qui l'été transportaient des balles de foin plus hautes qu'eux dans les granges des paysans, c'était le plus vil de tous les métiers, plus vil que valet de ferme.

La lettre venait de l'armée. C'était un ordre de mobilisation. L'Autriche avait déclaré la guerre à la Serbie, la Russie était venue au secours de la Serbie, le Kaiser allemand était venu au secours de l'Autriche et avait déclaré la guerre à la Russie, la France était venue au secours de la Russie et avait déclaré la guerre à l'Allemagne et à l'Autriche, et l'Allemagne avait envahi la Belgique.

Le facteur tenait toujours la lettre bleue à la main. Dans sa tête il rêvait qu'il portait assistance à Maria ; quelque chose arrivait, il lui portait assistance et elle se rendait enfin compte de l'homme qu'il était vraiment. Il l'aurait volontiers délivrée de son époux, il se figurait qu'elle souffrait avec lui et il se figurait être lui-même un homme capable de montrer beaucoup de tendresse si l'occasion se présentait, et pas seulement à court terme, pour une nuit ou ce genre, mais jusqu'à ce que la mort vous sépare. Elle n'avait pas de taches rouges sur le visage ni sur le cou. Il ne lui voyait aucune petite ride, ni entre les yeux à la verticale du front, ni autour de la bouche, ni au coin des yeux vers les tempes. Ses mains étaient rugueuses, mais seulement les paumes. Sur le dessus elles étaient comme dorées. Son mari était souvent parti. Pour ses petites affaires. Quel genre d'affaires, l'adjoint ne le savait pas, et Maria ne le savait pas non plus. Au village on soupçonnait que c'étaient des petites affaires louches et tordues. Josef avait une réputation de cogneur. Mais c'était surtout une façon pour les hommes de se rassurer, de justifier pour eux-mêmes leur lâcheté. Le fait qu'aucun d'eux n'ait osé jusque-là aborder directement Maria. Précisément parce que Josef était un type qui cognait vite et fort. Toutefois personne ne l'avait encore vu cogner.

C'était une lettre de l'armée, dit l'adjoint, il fallait que Maria en accuse réception et signe. Elle devait écrire entre parenthèses « épouse ». Il avait sur lui un crayon à encre, c'était autorisé. Il lécha lui-même la pointe.

Maria savait qu'il y avait la guerre, mais il ne lui était jamais venu à l'esprit qu'elle puisse les concerner un jour, qu'on en entende parler jusqu'ici, au fin fond de la vallée la plus reculée, dans l'ombre de cette montagne. Elle n'aurait pas pu redire exactement et en détail ce que contenait cette lettre imprimée, si ce n'est ceci : Josef Moosbrugger devait partir à la guerre.

Le maire s'appelait Gottlieb Fink et lui aussi faisait ses petites affaires. Il était le seul avec qui Josef échangeait plus que le strict nécessaire. Disait un peu plus que : Oui, Non, Salut, et de nouveau Oui, Non. Josef descendait parfois de la montagne pour aller droit à la maison du maire, entrait sans frapper ni appeler, et restait chez lui une bonne heure. Mais tous deux n'étaient pas des amis. Le maire aurait bien aimé être l'ami de Josef Moosbrugger. C'était le seul avec qui on pouvait parler, primo il n'avait pas de maladies, deuxio il ne puait pas comme une bête et tertio ce n'était pas un imbécile, il savait lire et écrire, et il comptait mieux que bien. Tu lui poses la multiplication la plus compliquée, il regarde en l'air et il a déjà la réponse. Le maire était généreux. Dans ses petites affaires il partageait toujours, même quand Josef n'était quasiment pas impliqué. Toujours moitié-moitié. Josef n'était pas aussi généreux. Mais le maire ne lui en tenait pas rigueur. Le maire avait des vaches, des cochons, des poules et quelques chèvres, ce qu'ils avaient tous, mais il avait aussi un atelier accolé à sa maison. Il était un armurier qualifié. Autrefois il tournait et fraisait lui-même les canons des fusils, découpait les crosses à la scie, les sculptait, les huilait et les polissait. Maintenant il recevait les pièces détachées du sud de l'Allemagne et se contentait de les assembler. Ça coûtait moins cher et ça rapportait davantage. Il apposait dessus son poinçon, ainsi la carabine était une Fink authentique, et les carabines Fink avaient conservé leur réputation, comme si elles étaient faites intégralement par lui et à la main. Le maire avait offert à Josef un fusil, et même à deux canons. C'était plus que généreux. Chacun s'en étonnait. Ça en disait long, même si personne ne savait précisément quoi. Il aurait fallu plus de six mois de travail à un menuisier pour se payer ça. Peut-être que Josef était bel et bien son ami. Il avait beau faire comme s'il n'avait pas besoin d'ami, c'était loin de signifier qu'en réalité il n'en avait pas besoin du tout.

Quand l'ordre d'incorporation arriva, Josef avait besoin d'un ami. Le maire, lui, n'avait pas été rappelé, motif : on avait besoin de lui au village. C'était exact : Josef par exemple avait besoin de lui.

Josef aimait sa femme. Lui-même n'avait jamais employé ce mot. En patois ce mot n'existait pas. Il n'était pas possible de dire *Je t'aime* en patois. Le mot ne lui était donc jamais venu à l'esprit. Maria était à lui. Et il voulait que Maria soit à lui et qu'elle lui appartienne, ça voulait dire d'abord le lit, et ensuite la famille. Quand il traversait le village et voyait les hommes à la fontaine jouer avec des couteaux en bois sculptés de leurs mains, quand il les voyait le regarder, il lisait dans leurs yeux : Tu es le mari de Maria. Il n'y en avait pas un seul d'entre eux qui n'ait imaginé un jour comment ce serait avec elle. Et maintenant qu'il avait reçu son ordre de mobilisation, ils se disaient que ça leur ouvrait des possibilités. Des possibilités moyennes, parce que personne ne savait exactement combien de temps durerait la guerre ; même si on entendait dire à Vienne comme à

Berlin que l'affaire serait vite réglée, personne ne voulait parier là-dessus.

Josef alla trouver le maire et lui dit : « Est-ce que tu pourrais garder un œil sur Maria pendant que je serai au front ? »

Le maire savait ce que l'expression *garder un œil* signifiait en l'occurrence. Josef veut dire avant tout qu'il ne peut pas faire confiance à sa femme, pensa-t-il. D'ailleurs peut-elle se faire confiance elle-même ? Bonne question ! Elle se voit tous les matins dans le miroir.

Personne d'autre n'assistait à la conversation. Une conversation délicate, qui ne souffrait pas de témoin. Que pouvait répondre le maire au mari de ma grand-mère ? Oserait-il lui dire : « Tu veux dire que je dois veiller à ce qu'aucun homme ne monte la voir pendant ton absence ? »

Et Josef ? Est-ce qu'il répond : « Oui, c'est ce que je veux dire. » Ce serait avouer qu'il ne fait pas confiance à sa femme.

« Oui, ça m'arrangerait que tu veilles à ce qu'aucun homme ne monte la voir, répondit Josef.

– Et pourquoi donc ? » pourrait demander le maire. Mais ce serait offenser Josef. Et ça, il ne le veut pas. Faut-il donc s'attendre à ce qu'un des hommes du village ou d'ailleurs violente la belle Maria ? Et dans ce cas le maire devra-t-il intervenir ? C'est-à-dire faire quoi ? L'abattre ?

Le maire dit : « Je m'occuperai d'elle. Ne t'inquiète pas quand tu seras à la guerre, Josef. »

Se peut-il qu'une aussi belle femme soit faite pour un seul homme ? Si Maria était fidèle, croyait le maire, c'était uniquement parce qu'elle craignait son mari et pas du tout par manque d'intérêt pour d'autres hommes. Et si untel ou untel escompte que Josef tombe à la guerre, il n'y a pas de quoi en faire un drame, l'homme est ainsi fait. Bien sûr, le maire n'aurait pas dit ça à Josef. Tout simplement parce qu'il voulait le garder pour ami. Il était maire, et il espérait qu'il ne manquerait pas un homme du village à la fin de cette guerre. Et puis il se disait que ça faisait bien d'avoir un ami qui soit bel homme, et sa femme était du même avis, Josef l'embellit, pensait-elle. Josef plaisait énormément à la femme du maire. Elle disait ouvertement qu'elle aimerait bien voir une fois Josef tout nu, seul dans la forêt de préférence, il était donc clair qu'il n'y avait pas de danger à cet égard, sinon elle aurait tenu sa langue. Ma femme n'aurait pas besoin d'être tenue à l'œil, songeait le maire, et personne n'aurait à le faire si j'étais appelé sous les drapeaux. Le maire aimait bien être marié. Lui et sa femme passaient pour les gens les plus drôles non seulement du petit village mais de toute la vallée jusqu'à Bregenz. Et cela tenait surtout à elle. Elle avait une façon de rire, même Josef riait dès qu'elle commençait et avant même de savoir la suite.

« Le mieux serait qu'elle descende habiter chez nous avec tous les enfants, dit le maire, malheureusement c'est impossible.

– Ce n'est pas nécessaire, dit Josef. Il suffit que tu gardes les yeux ouverts. On prétend que tout sera terminé d'ici octobre. Alors je serai de retour.

– Et puis il y a les permissions, dit le maire.

– Si tout va aussi vite qu'on le dit, il n'y aura pas de permission du tout », dit Josef. C'était ce que tout le monde croyait. Mais des permissions, Josef en aurait même deux.

Josef partait à la guerre, il avait dit au revoir à sa femme, avec une étreinte et un petit baiser, et il était déjà en route, il descendait le chemin en pliant les genoux en souplesse, comme il savait faire, quand elle courut derrière lui, le ramena à la maison et dans la chambre à coucher, lui défit sa ceinture et se colla contre lui.

« Pourquoi tu fais cette tête, demanda-t-elle.

– J'ai mal aux dents.

– Ça ne va faire qu'empirer.

– Il y a des dentistes au front, dit Josef. Bien meilleurs qu'à Bregenz, à ce qu'on dit.

– Comment tu le sais ? »

Il se leva du lit et la maintint à distance. Il fallait qu'elle arrête de poser des questions, il connaissait. Elle n'en finirait plus et il serait en retard.

Ils ne furent pas nombreux, au village, à être appelés au début de septembre. Pourquoi mon grand-père fut-il parmi les premiers, je n'ai pas la réponse. Ils n'étaient que quatre, un qui s'appelait Franz comme l'empereur, un autre Ludwig, un autre Alois, et Josef. Ils devaient se rendre à pied deux villages plus loin, où un camion viendrait les chercher pour les emmener à la gare de Bregenz, et de là ils rejoindraient le front, où qu'il se trouve. Pour finir, un seul des quatre hommes ne mourut pas au champ d'honneur : Josef. Aloïs était déjà mort au bout d'une semaine. Ludwig succomba dans un hôpital militaire après six mois à peine. Franz tomba au col de Valparola au bout d'un an. Cinq autres gars partirent après eux, il n'en revint que deux.

Les quatre hommes avaient mis des fleurs sur leurs chapeaux et s'étaient envoyé un petit verre en vitesse. Le maire offrait le schnaps en tant que représentant de l'empereur et il tira un coup de feu en l'air. Une bande de gamins accompagna les pioupious, comme on appelait les conscrits. Mais seulement jusqu'au village suivant, ensuite ils firent demi-tour. De là, les futurs soldats continuèrent seuls jusqu'à L., mais ils ne marchaient pas au pas, ils ne chantaient plus et ils étaient passablement dessoûlés. Ils parlaient des choses qu'il y avait à faire et qu'ils feraient bientôt, comme s'ils devaient être de retour chez eux dans quelques jours ou dans quelques semaines. Ils ôtèrent les fleurs de leurs chapeaux et les jetèrent au bord du chemin. Maintenant qu'il n'y avait plus personne de chez eux pour les voir, à quoi bon ?

Le deuxième fils de Josef l'avait lui aussi accompagné jusqu'au village suivant, Lorenz, le cabochard, qui avait tout juste neuf ans. Il était intelligent, en calcul mental il stupéfiait et ravissait le maître d'école, un don hérité de son père. La vie dans les montagnes ne lui plaisait déjà plus. Il ne voulait pas devenir paysan. Le seul fait de s'interroger sur ce qu'il pourrait devenir le distinguait de tous les autres gamins du village. Il s'intéressait aux moteurs, il n'y en avait pas des quantités dans la vallée qu'on appelait simplement *la forêt*, et c'était toujours les mêmes. Son père lui avait tapé sur l'épaule, pas plus, c'était sa façon de lui dire au revoir. À la ferme Lorenz devait surveiller les bêtes, les deux vaches, la chèvre. Il y avait aussi un chien. Ils l'appelaient « Wolf ». Le père l'avait bien dressé. Pas besoin de l'attacher. Le père avait tracé une limite avec des cailloux tout autour de la maison, il pouvait se passer n'importe quoi, le chien ne dépassait pas cette ligne. Le facteur avait quand même peur de lui. Quand Maria voyait arriver le facteur, elle faisait rentrer le chien. Lorenz n'aurait pas fait ça. Il aimait bien ce chien, il faisait partie de la famille et on n'envoie pas un membre de la famille dans la maison quand arrive quelqu'un qui n'est pas de la famille. Il y avait aussi un chat, on lui jetait les restes, et quand il n'y avait pas de restes il devait se débrouiller tout seul.

Lorenz emmena les vaches au pré, c'était déjà beaucoup trop tard pour ça, mais la journée n'avait pas commencé comme d'habitude. Avant le départ du père, Heinrich, l'aîné de Josef et de Maria, avait trait les vaches. Puis le père s'était lavé à la fontaine, longuement, dans tous les recoins et avec force savon, y compris les cheveux. La mère avait fait rentrer les enfants dans la maison, elle ne voulait pas qu'ils voient leur père nu. La chèvre restait jour et nuit dans son enclos. Lorenz lui avait donné une charretée de foin en observant les barres en travers de ses yeux. Il se disait comme il se disait toujours quand il était face à la chèvre : pourquoi n'ont-ils pas tous les mêmes yeux ? Le chat a des fentes verticales, la chèvre des barres en travers, les humains des trous tout ronds.

Que serait devenu mon oncle Lorenz s'il n'avait pas été un Fâcheux ? Que seraient devenus ses frères et sœurs ?

« La guerre est normale », m'a-t-il dit un jour. Il n'y avait pas de rapport évident avec la conversation du moment, à laquelle de toute façon je ne participais pas. Quand mon oncle Lorenz parlait avec mon père, j'étais aussi muette que le parapluie accroché au dossier de la chaise sur laquelle il était assis.

« Qu'est-ce que tu veux dire par là ? » ai-je demandé après m'être raclé la gorge. C'était sa façon de faire : soit il m'ignorait, soit il se tournait soudain vers moi et appuyait l'index sur ma poitrine. L'oncle charismatique. C'est à la fois bien et pas bien, les deux en même temps.

Il a répondu : « Pourquoi faudrait-il que je dise une

chose et veuille en dire une autre, fillette ? Je dis ce que je dis : la guerre est normale. » Avait-il oublié comment je m'appelais ?

Quand il venait nous voir, je n'étais jamais tranquille. Toujours en attente. De je ne sais quoi. Pendant la Seconde Guerre mondiale il était en Russie, il avait une femme à la maison, et il avait aussi une femme et un enfant en Russie, mais il les avait laissés et il avait entrepris le long trajet qui le ramènerait vers sa femme au pays, parfois un camion militaire le prenait, parfois il voyageait en train sans payer, il avait aussi été assis à l'arrière d'une moto, mais la plupart du temps il était à pied. Quand j'étais enfant il venait souvent nous voir. Il jouait aux échecs avec mon père. Il détestait la stupidité de la vie à la campagne. Ils en parlaient, mon père et lui – mon père non plus ne supportait pas les paysans, après tout il était né fils de servante à Lungau, et son père, le nanti, ne s'était jamais occupé de lui. Oncle Lorenz avait trois enfants au pays, il tenait ses deux fils pour des bons à rien, et cela avant même qu'ils aient pu devenir bons à quoi que ce soit, si bien qu'ils n'étaient rien devenus du tout, l'un des deux s'est pendu à un arbre. Oncle Lorenz reconnaissait ouvertement avoir une deuxième famille en Russie. Il avait cinquante ans quand un automobiliste ivre l'a écrasé sur le pont du Rhin à Bregenz. Son chien était couché à côté de lui et hurlait à la mort. J'ai donné son nom à mon fils : « Mais moi je ne suis pas comme ça et je ne veux pas l'être», m'a-t-il dit.

C'était surtout Heinrich qui aidait leur mère. À l'époque où se situe notre histoire, il avait onze ans, deux ans de plus que son frère Lorenz. C'était un taiseux, qui n'a jamais voulu devenir autre chose que paysan. Sa mère lui disait souvent : «Tu es plus adulte que moi ! Fais donc une bêtise, Heinrich, au moins une fois ! » Mais il ne faisait pas de bêtises. Il voulait tellement devenir paysan qu'il ne réfléchissait jamais à d'autres possibilités. Il s'agaçait de voir Lorenz se demander à la première occasion s'il ne pourrait pas faire autre chose. Il continua à compter sur ses doigts jusqu'à la fin de sa vie.

La mère, avait dit le père le soir précédant son départ à la guerre, la mère ne travaillerait que dans la maison, Heinrich et Lorenz se chargeraient de l'exploitation agricole. Katharina, qui avait dix ans, aiderait sa mère pour la lessive et à la cuisine. Walter ne pouvait servir à rien pour le moment, il jouait avec la toupie en bois que lui avait sculptée Heinrich, mais il ne réussit jamais à la faire tourner comme il fallait.

J'appelais Katharina «tante Kathe». Quand elle est morte, elle avait presque cent ans. Elle se teignait les cheveux en noir. Elle était mince et se tenait très droite jusqu'à la fin. Elle avait les épaules bien alignées et quand on la voyait marcher de dos, même à quatre-vingts ans, on aurait pu se dire, cette femme a quarante ans maximum et, à voir son pas, en voilà une qui ne crache pas sur la vie. De face on aurait pu la prendre pour une Indienne comme sur les images. Pour celui qui la voyait de face, le monde était un vieux film en noir et blanc, un western, chaque ride creusée au burin. Elle avait un long nez crochu et une bouche qui semblait toujours vouloir dire, allez vous faire voir ! Elle aimait bien mes sœurs, surtout la grande parce qu'elle était quasiment transparente et irréprochable. Moi j'étais trop sauvage, disait-elle, moi elle ne pouvait pas. Je lui ai demandé ce qu'elle entendait par là, elle ne pouvait pas… quoi ? Elle a fait un grand geste avec le tranchant de la main, c'est tout. À la fin de l'été, elle m'envoyait chercher des pommes à la nuit tombante avec son fils. Nous devions nous introduire dans le jardin d'un certain voisin, secouer le pommier, remplir de Gravenstein deux sacs à dos et filer. J'avais chaque fois mauvaise conscience comme si c'était moi – moi ! – qui avais entraîné ma tante Kathe, et son fils par-dessus le marché, qui me regardait toujours comme si j'étais issue d'une famille d'escrocs.

Et mon oncle Walter ? Il s'est noyé dans le lac de Constance, il avait quarante-deux ans. C'était un rouquin, lui et ma mère étaient les seuls des Fâcheux à ne pas avoir les cheveux noirs, il avait un visage grêlé, une tête allongée et un buste qu'on aurait dit sculpté dans le marbre. Il courait après toutes les femmes et on prétend que les femmes l'aimaient bien. À côté de sa grosse épouse avec ses cinq enfants, il avait une seconde femme qui faisait le trottoir. Sa femme légitime couchait de son côté avec un représentant en articles ménagers. Un jour sa maîtresse est devenue trop exigeante et il l'a refilée à son plus jeune frère. Et puis il s'est noyé. Quand son père est parti à la guerre, Walter venait juste d'avoir cinq ans.

C'était au début de septembre et il faisait encore très chaud, Lorenz ôta sa chemise et la noua autour de sa taille. Il avait le visage sérieux de son père, un peu féroce même. Le chien attendait devant la porte, il n'arrêtait pas de poser la patte sur la frontière qu'on lui avait tracée. Jamais encore il n'avait franchi de son propre chef la ligne de cailloux. Il trottinait sur place et poussait des petits couinements aigus. Lorenz posa la main sur sa tête.

« Wolf, dit-il. On va y aller. »

Maria était dans la maison, allongée dans la chambre. Le lit double occupait presque tout l'espace. Il y avait juste la place pour une armoire. La porte était entrebâillée. Lorenz vit sa mère couchée sur le dos, un bras sous la tête. Il se faufila dans le couloir et monta l'échelle du grenier. Le père avait aménagé une niche à côté d'un chevron, une cachette impossible à repérer. C'est là qu'était l'arme. Le cadeau de Gottlieb Fink. Ainsi que des munitions. À présent, pensa Lorenz, à présent mon père va avoir une arme donnée par l'empereur, et celle-ci, la carabine Fink, à présent elle est à moi. Jusqu'à ce que mon père revienne de la guerre, elle est à moi. Il mit une boîte de cartouches dans sa poche de pantalon, enroula le fusil dans sa chemise et redescendit l'échelle. Il sortit de la maison, appela le chien, « Viens ici, Wolf ! » Tous deux descendirent la pente, passèrent devant la fontaine, traversèrent le chemin, franchirent le ruisseau en sautant de pierre en pierre, remontèrent sur l'autre versant de l'étroite vallée et disparurent dans la forêt.

Lorenz connaissait un bon endroit. Une dépression de terrain où l'on était hors de vue de quiconque. La mère entendrait peut-être la détonation. Elle ne s'en inquiéterait pas, se disait Lorenz. Il y avait parfois des chasseurs dans la forêt. Au village en bas personne n'entendrait rien. Il aligna des pierres de la grosseur du poing sur un banc de mousse, s'allongea dans la fougère à vingt pas de distance, épaula et tira. Son père lui avait montré comment encaisser le recul sans que ça fasse trop mal. Lorenz était le seul que le père emmenait tirer à la carabine. Pas Heinrich, l'aîné. Lorenz savait pourquoi. Heinrich aimait trop les animaux. On n'en ferait jamais un chasseur. Au premier coup de feu, le chien bondit. Lorenz dut le calmer. Il lui passa le bras autour du cou, appuya sa tête contre la sienne. À cette distance il fit mouche à chaque fois. Il tira toute la boîte de cartouches. Vingt-cinq coups. La détente était dure. Il avait mal au doigt. Ça le rendait heureux.

Dès que Josef lui avait dit au revoir, Maria s'était écroulée sur son lit et avait fermé les yeux. Walter se coucha sur son ventre. Bien qu'il fût déjà trop grand et trop lourd. C'était un enfant affectueux. Il aimait aussi se coucher dans la niche avec le chien. Le chien était agressif comme tous les chiens ici à la campagne, mais Walter pouvait lui faire tout ce qu'il voulait, et malheur à un étranger à la famille qui aurait touché Walter. Même si quelqu'un de la famille le touchait, il grognait.

Katharina tricotait, sa mère lui avait appris, elle était habile, la laine rouge deviendrait une écharpe. Pour papa. Elle devait se dépêcher pour que l'écharpe soit finie quand la guerre s'achèverait. La mère avait vu des images de soldats, les uniformes bleus lui plaisaient, ils faisaient d'un gars banal un homme imposant. Elle ne pouvait penser à rien d'autre qu'à Josef arrivant à la maison en uniforme, et le rouge irait bien avec le bleu.

La mère était fatiguée et s'autorisait à l'être, maintenant que le père était absent, sinon elle n'aurait jamais été allongée sur son lit en pleine journée. Il y avait peu à manger. Le maire, qui était le mieux pourvu, les ravitaillerait en nourriture une fois par semaine, tant que le père serait absent. C'était convenu. En échange, Josef trafiquerait sa comptabilité quand il serait de retour.

Les enfants aimaient bien le maire, il était drôle, il faisait tournoyer Katharina en l'air, même si elle n'était plus tout à fait une enfant, il imitait le lion pour amuser Walter. Face à Lorenz il était plus réservé, le fils ressemblait trop au père, ça le dérangeait.

Le jour même où Josef partit à la guerre avec les trois autres appelés, le maire vint trouver Maria. Il apportait des pommes de terre, des oignons et des pommes. Il avait chargé une charrette, un gars du village la tirait, arrivés en haut il le renvoya aussitôt. Lui-même était à cheval. Ceux d'en haut avaient un peu de cerises, et les meilleures, qui plus est. Josef avait dit à Maria de donner un plein sac de cerises au maire puisqu'il les aimait tant.

Le maire s'assit avec Maria dans la cuisine, Walter s'occupait de son cheval, Lorenz l'aidait – il employait ce mot pour faire plaisir à son petit frère. Les volets étaient fermés à cause du soleil brûlant. La vaisselle était encore dans l'évier. Maria était pieds nus, elle avait remonté ses cheveux en chignon.

Le maire dit qu'il devait aller à la foire aux bestiaux à la fin de la semaine. Voir s'il trouverait un taureau. La guerre faisait baisser les prix. Mais personne ne pouvait dire combien de temps ça durerait. En temps de guerre il n'y a plus de règles qui vaillent. Même quand on se trouvait loin des tirs. Et dans la forêt, il pouvait le garantir, on serait toujours loin des tirs. Mais ici aussi les prix étaient des prix de guerre. Il estimait judicieux, déclarat-il, d'acheter maintenant un taureau pour le village. Chacun paierait son écot, et tout le monde en profiterait. On verrait bien où on l'installerait pour finir. Il pariait que Josef aurait dit la même chose s'il était là. Mais elle, Maria, ne voulait-elle pas venir à L. avec lui. Il savait qu'elle avait sa sœur qui habitait là-bas. Ce serait l'occasion d'aller la voir. Et à la foire aux bestiaux il y avait toujours un petit marché. On n'y trouvait peut-être pas grand-chose à acheter, mais en tout cas il y avait de quoi regarder. Ça lui ferait du bien.

« Il faudrait que j'emmène les enfants, dit Maria, ça ne va pas être possible. »

Les enfants pouvaient rester chez sa femme, dit le maire, elle n'aimait rien tant que les enfants, même si elle n'avait pas pu en avoir un à elle, pas un seul.

« Pour être franc, Maria, dit-il, j'en ai déjà parlé avec elle. » Justement parce qu'il avait supposé qu'elle viendrait.

Maria demanda à réfléchir.

Si elle voulait, elle n'avait qu'à venir chez eux jeudi matin à cinq heures et demi avec les enfants. Si elle voulait. On ne forçait personne.

C'était dans trois jours. En vérité Maria s'en faisait une joie. Là-bas il y aurait de la musique, il y aurait des friandises, et puis des gens à regarder et à écouter en douce. Elle adorait ça. La perspective de voir sa sœur la réjouissait aussi. Pas autant que les étals du marché et la musique. Il y aurait sans doute une fanfare. Elle avait bien entendu dire que les fanfares avaient toutes été enrôlées. Mais d'un autre côté elle ne pouvait pas imaginer qu'on fasse aussi grand cas de la musique à la guerre.

Lorenz se mit en colère quand sa mère lui expliqua que la femme du maire garderait Walter et que les autres pourraient venir avec elle.

« Pas question, dit-il, Heinrich, Katharina et moi, on gardera notre frère nous-mêmes, d'ailleurs Walter n'a pas besoin d'une bonne d'enfants. » Finaud, il argumenta contre la foire aux bestiaux : « Qu'est-ce que tu vas faire là-bas, toi qui es une femme, tu n'as pas d'argent », c'était complètement idiot, et d'abord pourquoi voulait-elle y aller.

« Tais-toi donc, dit sa mère. Tu n'as que neuf ans, tu n'as pas à m'interdire quoi que ce soit ! » Elle voyait son mari à travers Lorenz et ça l'agaçait.

« Est-ce que je peux au moins emmener Wolf chez le maire ? » demanda Lorenz. Il avait baissé le ton et Maria regrettait de l'avoir houspillé.

« Ce n'est pas possible, dit-elle. Le maire a peur de lui.

– Mais puisqu'il ne sera pas là, il sera parti avec toi.

– N'empêche.

– Wolf perd le nord quand il est tout seul.

– Un animal ne perd jamais le nord.

– Pourquoi je ne peux pas rester ici avec le chien ?

– Parce que. »

Pour finir elle céda. Lorenz fut autorisé à rester à la

maison. Avec le chien. Walter chouina. Katharina et Heinrich n'étaient pas mécontents. Leur frère Lorenz aimait bien faire le malin devant eux. Surtout s'il y avait un public. Ça les arrangeait qu'il reste à la maison.

Maria se confectionna une robe bleue avec le rideau de la chambre, elle y travailla jusqu'à s'en faire mal aux yeux, elle cousait la nuit à la lumière de la lampe à pétrole. Elle mettrait cette robe pour le voyage, et aussi son chapeau de paille avec des coquelicots brodés. Il n'y avait que quelques kilomètres jusqu'à L., mais c'était un voyage. Elle s'examina sous tous les angles dans la porte de l'armoire à glace et fut très satisfaite. Elle serait assise à l'avant sur le siège du cocher à côté du maire. Cette image lui suffisait pleinement.

Elle rapporterait une babiole aux enfants. Il y avait toujours quelques pièces de monnaie dans le sucrier, elle les fourra dans son sac à main. Ce sac était ce qu'elle avait de plus beau, un cadeau de Josef, avec des coquillages cousus sur les bords, le fermoir était en nacre, il était cousu avec un fil dans une matière qu'elle ne connaissait pas, un fil rouge, lisse, brillant et inusable.

La sœur de Maria avait épousé un commerçant qui était beaucoup plus âgé et beaucoup plus riche que Josef. Il était originaire de la vallée du Rhin et avait des idées en matière de commerce. Il racontait qu'en bas, dans la vallée du Rhin, de plus en plus de paysans construisaient un petit hangar contre leur grange et louaient des machines à broder, cc n'était pas beaucoup de travail et ça rapportait pas mal, ça faisait un revenu d'appoint, et lui, le beau-frère, voulait introduire ça dans la forêt. Il en avait parlé à Josef, c'était juste après son mariage avec la sœur de Maria, il était venu les voir exprès au fin fond de la vallée, il avait traversé toute la forêt, sur un cheval si beau que le petit Walter en avait pleuré de joie, il tremblait d'excitation quand Kaspar, c'était le nom de l'homme qui avait juré à Maria de rendre sa sœur heureuse, l'avait hissé sur la selle et avait donné les rênes à Lorenz pour qu'il fasse tourner le cheval avec son frère dessus. Il pourrait avoir besoin d'un gars comme Josef, déclara le beau-frère, un gars qui savait compter, le bruit s'était répandu dans toute la forêt. Josef ouvrit enfin la bouche et dit : « Baratineur ! » N'auraient-ils pas envie, reprit aussitôt le beau-frère, n'auraient-ils pas envie de quitter tous ensemble ce triste arrière-pays, où aucun avenir ne les attendait, c'était sûr, ni eux ni leurs enfants, pour venir s'installer à L., Josef devait penser à ses enfants. Chez eux il y avait déjà un téléphone et la lumière électrique. Et aussi la première voiture postale. Si ce n'était pas le progrès, ça ! Le beau-frère avait une autre idée. Une idée du tonnerre ! dit Bella, la sœur de Maria. Et s'ils allaient tous ensemble s'installer à Bregenz ! Tous comme un seul homme ! Construire une grande maison ! Fonder une grande entreprise ! Une nouvelle existence ! Une nouvelle vie ! C'était un an et demi plus tôt. Maintenant Kaspar et

Bella étaient mariés depuis un an et demi et n'avaient pas encore de descendance.

À cinq heures et demi pile, Maria était devant la maison du maire avec Heinrich, Katharina et Walter, et tirait la sonnette.

La femme du maire ouvrit et plaqua ses mains contre son visage.

« C'est quand, la dernière fois qu'on s'est vues ? s'exclama-t-elle.

– Ça doit faire un mois, dit Maria.

– Tu es deux fois plus belle de mois en mois, Maria, on se demande où ça va finir et ce que le diable a derrière la tête, dit la femme du maire en riant. Croisons les doigts ! »

Un petit déjeuner était prêt pour les enfants. Pour son mari et pour Maria, la femme avait préparé des sandwiches et des œufs durs dans une boîte en fer-blanc.

Le maire poussa les chevaux, il voulait épater Maria – deux gros chevaux au large dos brun, celui de droite avec une longue crinière claire et la queue mêmement, celui de gauche plus foncé avec une tête fière et plus nerveux que l'autre. Maria retenait son chapeau pour ne pas qu'il s'envole. Elle sentait très bien le maire se rapprocher d'elle, de sorte qu'à certains mouvements leurs cuisses se touchaient. Elle resserra sa robe autour de ses genoux.

« Je suis sûr que tu chantes bien, dit-il, c'est quoi ta chanson préférée ? On pourrait la chanter. Moi aussi je chante bien.

– *Maria traversait une forêt de ronces*, dit Maria mi-sérieuse, mi-badine.

– Mais c'est un cantique !

– C'est un canon, lui expliqua-t-elle. C'est beau, quand on sait faire.

– Je ne vais pas chanter un cantique maintenant, dit le maire.

– Alors tant pis », dit Maria.

Elle détourna la tête, mais en faisant comme si elle avait vu quelque chose d'intéressant au bord du chemin. La voiture avait des pneus en caoutchouc, c'était agréable et rare, du moins au fond de la forêt. Le chemin était grossièrement empierré, le beau revêtement lisse ne commençait que deux villages plus loin. Le maire se leva un instant du banc pour faire claquer les rênes sur le dos du cheval aubère et se rassit aussitôt, encore plus près de Maria comme par hasard. Elle s'y attendait. L'aller se passerait ainsi et le retour de même. Il se pencherait sur elle de temps en temps, sous prétexte de regarder une chose ou une autre, de façon à la frôler chaque fois sans qu'on puisse y voir d'emblée une intention. Si ça n'allait pas plus loin, il n'y avait rien à redire. Elle était curieuse de voir tout ce qu'il allait bien pouvoir inventer et qui n'aurait pas l'air intentionnel. Et s'il n'allait pas quand même, à un moment ou un autre, faire exprès une chose qui aurait l'air intentionnelle. Elle n'avait pas peur du maire. Pourtant son souffle ne lui était pas agréable. Trop proche. Non pas qu'il eût mauvaise haleine. C'était plutôt le contraire. Il suçait des bonbons à la menthe poivrée. Justement parce qu'il voulait sentir bon. En même temps, elle se disait qu'elle devait se montrer aimable, on avait beaucoup à attendre de lui, finalement. Il allait fournir à la famille de quoi manger, et elle pourrait aussi lui demander du tissu et du fil. Et puis des chaussures. Heinrich ne serait pas gêné de mettre les chaussures d'un étranger, il avait les pieds aussi grands qu'un adulte. Lorenz refuserait par principe de mettre ce qu'un autre avait déjà porté, parce que ce serait forcément offert et que Lorenz avait un principe : ne recevoir de cadeau de personne pour n'être redevable à personne. Pour Katharina elle ne savait pas trop. La petite pouvait se montrer aussi butée que Lorenz, mais elle aimait ce qui était joli, surtout si ça sentait bon par-dessus le marché. Quant au petit Walter, tout ce qui convenait à sa maman lui convenait. Ils avaient aussi besoin de fournitures scolaires. L'école commençait bientôt.

« M'sieur le maire, dit-elle, est-ce que c'est bien correct de vous mettre si près de moi ?

– 'scusez, dit-il en s'écartant.

– Je dis ça comme ça, dit-elle.

– Personne n'est obligé de m'appeler m'sieur le maire, dit-il, en tout cas aucun d'entre nous.

– Gottlieb », dit-elle.

Au bout d'un moment, il dit : « Gottlieb, c'est la même chose que Amadeus. Tu savais ça, Maria ?

– Non, je ne savais pas.

– Comme Amadeus Mozart, dit-il.

– Non, je ne savais pas », répéta-t-elle.

Le maire entretenait des relations avec tout un chacun. Elle aurait aussi pu demander le nécessaire à sa sœur. Qui avait certainement le nécessaire en abondance. Et lui aurait donné volontiers. Mais c'était se mettre encore plus en situation d'infériorité. Si je me braque, se dit-elle, ça n'aboutira à rien du tout. Il a le droit de m'embrasser sur la joue en faisant comme si c'était de l'amitié, et il a le droit de me tenir par le bras, pas plus, pas trop haut, là où je transpire déjà sous les aisselles, d'ailleurs il n'en faudra pas plus pour qu'il se calme passablement, et il n'en fera pas plus. Moi je ne demande rien.

Ils se dirigeaient vers la commune de L. et de loin déjà ils entendirent les sonnailles des vaches et la musique. Enfant, elle allait tous les ans à la foire aux bestiaux, à l'époque il commençait déjà à y avoir des stands comme dans une fête foraine, des stands de tir par exemple où les gamins pouvaient dégommer des cœurs en pain d'épices, et aussi un stand où on fabriquait de la barbe à papa de trois couleurs différentes, et puis des tréteaux sans toit par-dessus, où étaient exposés des petites bagues et des petits colliers, des bracelets et des foulards, et puis des stands de gâteaux et de confiseries qui venaient chacun d'une région, le fin du fin c'était la pâte feuilletée. Les visiteurs étaient bien habillés, ils portaient ce qu'ils avaient de plus beau. On buvait du moût. De grand matin, les visages étaient déjà rouges. Une fanfare jouait, alors quand même ! Derrière, il y avait une cymbale, un grand tambour et un petit tambour. Josef avait appris la clarinette quand il était gamin mais ne possédait pas d'instrument à lui, si bien qu'il n'avait pas continué. L'orchestre jouait trois fois de suite la même marche militaire, jusqu'à ce que tout le monde soit excédé. Alors les musiciens rangeaient leurs instruments. Ils rejoueraient en fin d'après-midi.

Le maire buvait du moût, il avait rencontré une connaissance qui levait déjà la cruche pour remplir à nouveau les verres. Maria pouvait aller tranquillement jeter un œil, dit-il, ici on ne risquait pas de se perdre. Du bétail était aligné derrière une barrière, des vaches, des moutons, des chèvres. Il y avait là trois taureaux, tachetés, ils avaient des anneaux dans le nez et ils étaient attachés au sol avec des chaînes courtes. Maria ne supportait pas de voir ce désespoir dans leurs yeux. Les paysans en habits du dimanche marchandaient entre eux, tapaient du plat de la main sur le dos des bœufs, caressaient les veaux et se laissaient lécher les doigts.

Il y avait un stand avec des rouleaux d'étoffe, Maria tomba en arrêt, émerveillée, chez nous c'est de famille, nous les femmes on aime toucher le tissu, ma mère, mes tantes, moi tout particulièrement et ma grand-mère Maria aussi.

« Allez-y, vous pouvez toucher », dit la vendeuse, une Souabe, et Maria prit le tissu et le frotta entre le pouce et l'index.

« C'est pas assez, dit la vendeuse, il faut toucher bien profond. »

Maria ne savait pas ce que signifiait *toucher bien profond*. La vendeuse lui montra. « D'abord on relève les manches », dit-elle, et s'attaquant au chemisier de Maria elle défit les petits boutons et remonta les manches jusque sous les aisselles, où c'était très mouillé à présent, « et puis on plonge les bras, comme si le tissu était de l'eau. Vous sentez comme il est frais ? Ça fait du bien maintenant qu'il va faire vraiment chaud. Les soldats sont bien à plaindre, la fin de l'automne ou le printemps serait plus agréable pour faire la guerre, à présent ils doivent marcher au soleil avec tout leur barda, et en Italie il fait encore plus chaud que chez nous.

– Merci », dit Maria en déroulant ses manches, mais sans les boutonner.

Le maire était debout derrière elle. « C'est quoi ta couleur préférée ?

– Bleu ciel, dit Maria.

– Le rouge t'irait mieux, dit le maire.

– C'est pas pour moi.

– Et si c'était pour toi ? »

Il y avait aussi du schnaps. Le maire lui demanda si

elle en voulait une petite gorgée, mais il ne parlait pas sérieusement. Il aimait boire mais n'était jamais saoul. La plupart des hommes d'ici buvaient rarement, mais quand ils buvaient ils étaient saouls comme des cochons. Josef ne buvait jamais rien.

Elle irait d'abord chez sa sœur et son beau-frère, dit-elle, et puis elle reviendrait à la foire avec eux.

Mais ce n'était pas son intention. Elle ne savait pas ce qu'elle allait faire, le marché ne l'intéressait déjà plus. Jusqu'à ce soir six heures, ça faisait long. À un stand de confiserie elle vit une sucette ronde, large comme la paume de la main, enroulée en spirale, rouge, puis blanche puis verte au centre. Le vendeur lui dit que le rouge, c'était fraise, le vert, reine des bois et le blanc, citron. Une sucette géante qui ne tenait pas dans la bouche, en tout cas pas dans une bouche d'enfant. Il faudrait en casser des morceaux et les distribuer. Mais c'en serait fini de la sucette. La garder sans rien en faire serait absurde. Ce pouvait être un cadeau collectif. À accrocher dans la cuisine, celui qui veut a le droit de lécher. Ou alors Heinrich a droit à cinq minutes, Katharina cinq minutes, Walter cinq minutes, et Lorenz, s'il veut, cinq minutes. Elle craignait que Lorenz ne dise, pourquoi tu dépenses de l'argent pour une idiotie pareille, je ne veux pas lécher. Dans ce cas il serait le seul à qui elle n'aurait rien rapporté. Elle avait vu un petit chariot en bois, plus loin là-bas, Heinrich pourrait le tirer et Walter s'asseoir dedans. Mais Lorenz se retrouverait de nouveau sans rien. Qu'est-ce qui pourrait faire un cadeau pour lui ? Rien qui se mange, pour sûr, il irait partager avec ses frères et sœur et se garderait la plus petite part, ou même rien du tout.

Un homme s'approcha d'elle, il était fringant, ne portait qu'une chemise blanche et un pantalon noir, pas de veste, il n'avait pas l'air d'ici, son accent non plus n'était pas d'ici, et surtout sa coupe de cheveux, presque rasés sur les tempes avec un toupet en haut.

« Vous cherchez quelque chose de spécial ? demanda-t-il.

– Un de ces stands est à vous ? demanda-t-elle. Je cherche quelque chose pour mon fils, il a neuf ans.

– Il s'intéresse à quoi ?

– Justement, je ne sais pas. Vous parlez bizarrement. Je n'ai encore jamais entendu quelqu'un parler comme ça. Vous êtes quoi ? »

L'inconnu éclata d'un rire sonore et prolongé. « Et moi, je n'ai encore jamais vu une femme aussi directe.

– Qu'est-ce que vous entendez par “directe” ? demanda Maria.

– Si j'avais, supposons, le nez de travers et que je vous demande si j'ai le nez de travers, vous me répondriez probablement : Oui, vous avez le nez de travers. Je me trompe ?

– Sinon je devrais dire quoi ? »

L'homme se remit à rire, de nouveau ce rire sonore et prolongé. Cette anecdote, ma grand-mère l'a racontée à sa fille aînée Katharina, mais pas mal d'années plus tard. Ma tante Kathe me l'a répétée à son tour. Elle m'a dit que sa mère, autrement dit ma grand-mère, n'avait été ivre qu'une fois dans sa vie, elle ne se rappelait plus à quelle occasion, et qu'elle avait dit soudain, comme ça de but en blanc, qu'elle avait eu le béguin une seule fois dans sa vie, précisément pour cet homme-là, depuis lors elle savait qu'un béguin n'a pas d'importance, mais que l'amour en a beaucoup.

Jamais Maria n'aurait parlé comme ça à sa fille sans avoir bu.

« Je m'appelle Georg, dit l'inconnu en tendant la main à Maria. Je viens d'Allemagne, de la ville de Hanovre, ce n'est pas le hasard qui m'amène. Et vous ? »

Il ne veut pas me dévisager, pensa Maria, mais il me dévisage, et il n'arrive pas à cacher son étonnement parce que je suis belle. Ce genre de pensée lui était familier. Interpréter les regards des hommes n'était pas sorcier. Il lui expliqua qu'il était ici, dans ce village, pour communiquer une triste nouvelle à une famille. Le fils de cette famille était mort, il avait été son ami, son meilleur ami, et c'était à lui d'en informer ces pauvres gens.

« Vous étiez à la guerre, et votre ami a été tué ? demanda Maria.

– Non, dit-il, c'était un accident, ça n'a rien à voir avec cette stupide guerre. »

Il préférait ne pas s'étendre, elle s'en rendit compte,

mais il ne voulait pas non plus interrompre la conversation, parce qu'il avait peur qu'elle tourne les talons et s'en aille. Il lui demanda si elle était d'ici.

Elle répondit en quelques mots. Cet homme qui s'appelle Georg me plaît, pensa-t-elle. C'est un fait. Mais les montagnes au soleil couchant lui plaisaient aussi. Plus tard seulement elle se rendrait compte qu'elle était tombée amoureuse de lui. Il dit le nom de la famille qu'il recherchait. Ici, beaucoup de gens s'appelaient comme ça. Aussi dit-elle que non, elle ne les connaissait pas. Ils se quittèrent sur une poignée de main presque cérémonieuse et elle se mit en route pour aller chez sa sœur, elle ne jeta pas un coup d'œil en arrière pendant tout le trajet, elle regardait le sol. La maison était sur une hauteur, il pouvait la suivre des yeux jusqu'en haut.

Le beau-frère était dans le jardin et appela sa femme à l'intérieur, elle accourut et les embrassades commencèrent. Puis ils mangèrent du pain au lard en buvant de l'eau avec un filet de vinaigre et s'assirent devant la maison pour observer d'en haut la foire. À six heures Maria était de retour en bas, il y avait moins d'animation à présent, tout le monde avait vu tout ce qu'il y avait à voir.

« Il faut y aller », dit le maire.

Il était d'une allégresse folle et il parlait. Il s'était fait mettre un taureau de côté, on l'amènerait, il n'avait à s'occuper de rien, le luxe absolu, le plus bel enrichissement pour quiconque possède un bovin. Il parla sans discontinuer pendant tout le trajet. Il traversa le village et passa devant chez lui, il ne laissait pas Maria placer un mot et fit comme s'il avait oublié que Heinrich, Katharina et Walter attendaient auprès de sa femme qu'on vienne les chercher.

« Je les enverrai en haut. Il fait encore assez clair. Un peu de marche leur fera du bien. Ils n'en dormiront que mieux. »

Arrivé à la fontaine, il aida Maria à descendre de la voiture et lui donna un paquet enveloppé de papier brun. Il avait acheté des berlingots pour les enfants, ainsi que des fournitures pour l'école. Et pour elle, Maria, un paquet à part. En signe de gratitude elle se hissa sur la pointe des pieds et lui donna un baiser, à ce Gottlieb, cet Amadeus. Lorenz était assis avec le chien sur les marches de la véranda, les coudes sur les genoux, le menton dans les mains, et il les regardait.

Dans le paquet à part, il y avait du tissu rouge, qui scintillait, et aussi du fil à coudre.

Il surgit devant la porte. L'étranger qui s'appelait Georg. Sans s'être annoncé. Personne ne s'annonçait jamais chez Maria et Josef. Par quel moyen ? Et pour quoi faire ? Envoyer d'abord quelqu'un pour dire qu'on va venir à tel ou tel moment ? Ça rimerait à quoi ? Faire deux fois le trajet. Mais on aurait pu attendre d'un étranger qu'il demande à un gamin du village de l'accompagner. Pour témoigner de ses intentions pacifiques. Il surgit devant elle – occupée de nouveau à étendre son linge, une chemise blanche à la main qu'elle venait de laver pour la troisième fois par inadvertance – à moins que la chemise propre se fût glissée d'elle-même et subrepticement au milieu du linge sale, parce qu'elle voulait se débarrasser des restes d'odeur de Josef, parce que les choses en savent plus long que les humains et que la chemise savait que Josef ne reviendrait plus ? – non, Maria n'était pas superstitieuse. L'étranger se contenta de la regarder. Elle, une extrémité de manche dans chaque main, les bras écartés pour que la chemise ne touche pas le sol. Le chien n'avait pas émis un son. L'homme se pencha vers lui, lui gratta l'oreille, lui tapota le cou, sans quitter Maria des yeux. Il la regardait *dans le fin fond des yeux.*

C'est une expression que ma mère utilisait de temps à autre. Quand elle croyait que je lui avais menti, elle disait : « Regarde-moi dans le fin fond des yeux ! »

Un jour, j'avais huit ans et j'étais déjà en pleine révolte contre notre famille à cause de toutes ces histoires que j'avais entendues, à propos des frères de ma mère surtout, qui tous, à part Heinrich, étaient différents des autres hommes, et j'ai dit à ma mère : « Personne ne parle comme toi ! Tu parles toujours comme personne ne parle ! Pourquoi parles-tu comme personne d'autre ne parle ? »

Elle a dit : « Donne-moi un exemple ! Et arrête de me juger ! »

Alors j'ai dit : « Par exemple : Regarde-moi dans le fin fond des yeux. Personne ne dit, regarde-moi dans le fin fond des yeux. Quand on veut dire ça, on dit, regarde-moi dans les yeux, pas dans le fin fond des yeux ! »

Elle tenait l'expression de sa mère, m'a-t-elle dit. « De ta belle grand-mère. » Et dans le même souffle elle a ajouté : « Elle était comme toi. »

Ce qui m'a rendue encore plus furieuse : « Ça veut dire quoi ? » ai-je hurlé en tapant du pied. « Ça veut dire quoi, ça encore ? Tu parles toujours par allusions. »

Et elle a répondu : « Prends garde de ne pas devenir comme elle ! »

Ma « belle » grand-mère était à la fois un modèle à suivre et une source de reproches. Tout ce qui était bien était associé à elle, mais si quelque chose en moi ne convenait pas à ma mère, elle me disait de prendre garde à ne pas devenir comme elle. Ce qu'il y avait de bien chez ma grand-mère, c'était sa bienveillance et l'oreille attentive qu'elle prêtait à tout le monde, chacun selon elle méritait qu'on l'écoute, et jusqu'au bout, celui qui parlait fixait lui-même la fin de son discours. Il m'arrive de penser que la bienveillance de ma grand-mère était en réalité de l'indifférence et du flegme. S'il fallait lui reconnaître une autre qualité, c'était de n'être pas rancunière. Ce qui chez elle n'était « pas bien », c'était sa beauté. Pas bien à cause des conséquences. Dans notre famille j'étais considérée comme belle. Le mot n'était pas prononcé mais je pouvais le déduire de certaines périphrases. Périphrases toutes négatives, d'ailleurs. « Tu crois que tu peux tout te permettre, juste à cause de ta figure ! » Ou bien : « Attache tes cheveux ! Toi, bien sûr, tu n'as pas besoin de te coiffer ! » Ou la fameuse phrase : « Prends garde de ne pas devenir comme ta grand-mère ! » Je crois maintenant que dans la bouche de ma mère ce n'était pas une menace. Elle voulait dire que je devais faire attention, qu'un joli visage expose à des dangers. Et si elle le pensait, elle savait très bien pourquoi. Au fin fond de la vallée, être belle n'était pas un avantage pour une femme. Tel était son avis. La beauté de ma grand-mère, on en parlait encore au fond de la vallée bien après sa mort.

À présent je vais anticiper un peu sur ce qui ne survient que beaucoup plus tard dans mon histoire, mais je ne peux pas résister, je le raconte tout de suite : un jour le curé a surgi devant la maison de Maria et de Josef au fin fond de la vallée, sans s'être annoncé lui non plus, exactement comme l'étranger nommé Georg. Mais le curé n'était pas aimable comme l'étranger. Car l'étranger était aimable. Il était aimable avec Maria comme personne ne l'avait encore jamais été. Même pas Josef. Qui pouvait se montrer tendre. Très tendre même, la nuit venue. Il était serviable et tout ce qu'on veut. Mais aimable, non, Josef ne l'était pas. Ce n'était tout simplement pas dans sa nature. L'étranger était aimable, si bien qu'il n'y avait pas de différence entre homme et femme. Tandis que le curé dit seulement – il ne dit pas bonjour, il dit seulement :

« Tourne ton visage vers la lumière ! »

Maria le fit. Mais demanda tout de même : « Et pourquoi donc ?

– On peut tout lire sur ce visage, dit le curé.

– Quoi par exemple ? demanda-t-elle.

– Ça fait combien de temps maintenant que ton mari est parti ? dit le curé au lieu de répondre, et sa question sonnait comme un ordre.

– Depuis qu'il y a la guerre, dit Maria.

– Et ce ventre ?

– Quel ventre ?

– Ton ventre, petite traînée ! Il est là depuis combien de temps, ce ventre ? »

Elle aurait aimé dire qu'elle ne voulait pas qu'on lui parle ainsi, que même un homme d'Église n'en avait pas le droit. Mais le gros mot l'effraya tant qu'elle ne dit rien du tout.

« C'est ce maudit visage ! » s'écria le curé. Il s'était retourné et il avait crié face à la vallée, comme s'il était en chaire, avec en dessous de lui l'assemblée des fidèles qui l'écoutaient et le regardaient bouche bée, les femmes à droite, les hommes à gauche. « Qui peut croire que le bon Dieu a modelé pareil visage ? Qui peut croire que le bon Dieu est aussi injuste ? Les femmes chialent quand elles voient ton visage, et elles bassinent leurs maris.

Pourquoi pas moi ? Voilà ce qu'elles disent. Comme si c'était leur mari qui t'avait fait ce visage pour pouvoir le regarder. Elles viennent me voir en confession et elles disent ça. Pourquoi pas moi ? Comme si c'était moi qui t'avais fabriqué ce visage. Et avec quelle cochonnerie, je vous demande un peu ? Avec quelle cochonnerie aurais-je pu modeler pareil visage ? Ce genre de cochonnerie ne pousse pas chez nous. Ce genre de cochonnerie pousse peut-être en ville. Et du visage ça passe direct au ventre. Ah, le chemin est court ! On ne peut même pas en vouloir aux hommes. C'est ce que tu penses aussi, pas vrai ? Réponds, Maria ! Qu'est-ce que tu penses ? Dis-moi ce que tu penses ! Si je te posais la question, là, petite traînée, tu me dirais, bien sûr, voilà ce que tu me dirais : quand le Bon Dieu vous donne un aussi beau visage que le mien, voilà ce que tu me dirais, avoue, il vous donne aussi le droit de vous frotter aux hommes. De les laisser venir. Sinon, à quoi servirait un aussi beau visage. C'est exactement ce que tu penses ! Avoue ! Avoue ! »

Et cela, parce que ma grand-mère était enceinte. Et que Josef était à la guerre, dans les montagnes en Italie. La guerre durait déjà depuis six mois. Alors le curé, et probablement tout le village, pensait que ça ne pouvait pas être Josef. Bien qu'il soit venu deux fois en permission. Mais trop peu de temps chaque fois. Les permissions ne pesaient pas lourd aux yeux du curé et des autres. Dès que le ventre était apparu sans ambiguïté possible, on en avait discuté. D'autres femmes de soldats étaient enceintes également, mais sans qu'on ait besoin d'en parler. Au cours de ces discussions, on avait fait des calculs. Une permission dure trois jours, bon. Un gars qui revient du front n'a-t-il pas besoin d'une journée au moins, où il ne fait que se reposer et n'est bon à rien d'autre ? Sûr qu'il lui faut ça. Restent deux jours. Normalement, quand l'homme revient de guerre, l'homme et la femme sont deux étrangers, c'est ce qu'on dit toujours, et normalement ce sentiment d'être étrangers dure encore plus longtemps que la fatigue. Disons qu'il dure une journée de plus. Bon. Il ne reste donc plus qu'une journée pour consommer le mariage. Alors on est en droit de trouver invraisemblable que ça ait marché ce jour-là précisément. Ou en tout cas peu vraisemblable.

Maria était enceinte, et dans son ventre il y avait ma mère.

Ma grand-mère ne soutint pas le regard de l'inconnu. Ressaisis-toi ! se dit-elle. Cet ordre pour elle ne se rapportait jamais qu'à une chose : le désir. Sinon, il n'y avait rien dans sa vie qui exigeât d'elle qu'elle se ressaisisse. « Ressaisis-toi ! » – sa mère le lui avait déjà dit. La fois où elle l'avait surprise en train de porter la main sur elle. « Porter la main sur elle », c'étaient les mots que sa mère avait employés. Plus tard Maria avait lu l'expression quelque part, mais à propos de quelqu'un qui s'était suicidé. « Il a porté la main sur lui. » On ne disait pas comment il s'y était pris. Avec un couteau, pensait-elle. On tient le couteau dans une main et on taille dans l'autre, ou plutôt dans l'avant-bras. D'ailleurs on ne doit pas couper en travers, mais en long. Elle ne savait pas où elle avait appris ça.

« Ressaisis-toi ! » me disait aussi ma tante Kathe. Chez nous, c'était elle qui commandait après la mort de ma mère. « Ressaisis-toi ! » disait-elle. Pas quand je refusais de faire mes devoirs ou que je me butais sur je ne sais quoi, mais quand elle croyait que je m'étais de nouveau entichée d'un des garçons. Ma tante Kathe ne m'a jamais dit de prendre garde à ne pas devenir comme ma grand-mère.

L'homme plaisait à ma grand-mère, elle s'enticha de lui. Cet homme qui s'appelait Georg lui plaisait même davantage que Josef lui avait jamais plu. Car avec Josef, il y avait tout un tas de choses en plus, importantes pour un mariage mais qui se neutralisaient un peu l'une l'autre. Avec cet homme-là, il y avait le désir et c'est tout.

« Je suis mariée. » Ce fut la première chose qu'elle lui dit.

Il répondit : « Je sais.

– Mon mari est à la guerre », dit-elle.

Il répondit : « J'en suis désolé. » Et après une petite pause : « Je ne fais pas partie de ceux qui se sont félicités de cette guerre, loin de là.

– Moi non plus, dit Maria.

– Et ton mari non plus, vraisemblablement.

– Non, lui non plus.

– Il ne peut pas être si différent de toi, sinon tu ne l'aurais pas choisi. »

Elle ne se sentait pas très à l'aise. En plus, ses bras lui pesaient, elle tenait toujours la chemise tendue devant elle. Comme un bouclier. Avec Josef, elle se sentait bien. Et parfois mal à l'aise. Toujours bien dans le noir, parfois mal à l'aise en plein jour. Parce qu'il lui faisait un peu peur. Maintenant il était parti. Il fallait s'attendre à ce qu'il ne revienne pas. Dans ce cas on dirait qu'elle s'était sentie bien auprès de Josef, qu'il lui avait fait du bien. Elle se sentait bien sous lui. C'est ce qu'on raconterait à tous les coups. Les femmes du village emploieraient ces mots-là. Elle se sentait bien sous son corps. C'était le thème favori des commères : les imaginer au lit tous les deux. Les hommes emploieraient d'autres mots. Le corps de Josef n'était pas lourd. Elle se le disait souvent quand il était couché sur elle : comme il est léger. Si elle avait creusé le dos et s'était cambrée brusquement, il serait tombé. Il se lavait souvent et à fond. Il ne voulait pas sentir ce que sentaient les autres hommes. L'étable. Elle lui avait offert du savon au citron pour son anniversaire. Il était très content. Petite fille elle avait souvent honte parce que le plaisir comptait tellement pour elle, ça devait se voir sur sa figure, tout le monde devait continuer à le voir. Elle était comme elle était. Elle l'avait dit une fois à la silhouette du curé derrière la grille du confessionnal : « Je suis comme je suis. » Et le curé avait répondu : « Fais bien attention à toi ! » De ce jour, elle n'avait plus confessé que des petits mensonges, ou qu'elle avait un peu rouspété contre sa sœur, ou barboté deux ou trois pommes. Et puis ce curé était mort, le nouveau était arrivé, et il la tenait à l'œil, un œil méchant, comme si elle avait partie liée avec le diable. Maria ne s'était plus confessée depuis.

« Comment savez-vous où j'habite ? demanda-t-elle.

– C'est une chemise à ton mari ? répliqua l'inconnu.

– Je ne vous ai pas dit où j'habitais.

– C'est drôle quand tu tiens la chemise devant toi comme ça. Ce n'est pas nécessaire. On dirait…

– On dirait quoi ?

– Pas drôle, non, excuse-moi. On dirait un mur. Je ne trouve pas d'autre mot. Parce que la montée m'a essoufflé.

– Je n'entends pas que vous êtes essoufflé. Ça ne s'entend pas. Mais alors pas du tout.

– Je suis nerveux. Ils le sont tous quand ils sont face à toi, j'imagine.

– Je ne vois pas ce que vous voulez dire.

– Tout le monde ici sait où tu habites. Je ne vais pas tourner autour du pot, ça pourrait te faire peur. Je préférerais que tu me tutoies aussi. Si tu dis vous et que je dis tu, on pourrait croire que tu as peur de moi.

– Il n'y a personne ici qui pourrait croire ça.

– J'ai demandé à quelqu'un à la foire : où habite l'aimable dame avec qui je parlais à l'instant, j'ai oublié de lui donner quelque chose et maintenant elle est partie, mais c'est très important, je suis venu de loin exprès pour ça, j'ai quelque chose à lui transmettre. J'ai menti, j'ai dit que j'avais un message à t'apporter.

– Tu as demandé à qui ?

– À un homme sur un stand qui nous observait quand nous parlions ensemble. Il a ri et il a dit qu'il pouvait comprendre, avec toi tout le monde perd la tête et oublie ce qu'il voulait dire.

– Je ne crois pas qu'il ait dit ça.

– Non, tu as raison, il n'a pas dit ça.

– Alors pourquoi tu racontes une chose pareille ? »

L'homme dit : « Ne me renvoie pas, Maria. Je veux juste te regarder. Il y a si longtemps que je n'ai rien vu de beau. Je te promets de ne pas m'approcher à moins d'un mètre. Laisse-moi juste regarder ton visage. »

Lorenz était maintenant à côté de sa mère, le chien aboyait, des aboiements furieux. Lorenz le prit par le collier et l'éloigna de l'étranger.

« C'est qui cet homme, maman ? »

L'homme dit : « Je viens de loin, je m'appelle Georg, comme le saint qui a combattu le dragon. On m'a balancé un paquet d'immondices entre les pieds, laisse-moi t'expliquer. Je ne suis pas un mauvais homme. J'ai rencontré ta mère à la foire. Elle a été aimable avec moi. Je n'ai jamais été gâté par des gens aimables. Si j'étais seul avec toi, gamin, je fondrais en larmes, comme un homme pleure devant un autre homme. Mais je ne veux pas pleurer devant ta mère. Quel âge as-tu ?

– J'ai neuf ans, dit Lorenz en se plaçant devant sa mère. Qu'est-ce que vous lui voulez ?

– J'ai perdu mon meilleur ami, soupira l'homme. Je devais informer ses parents. Aujourd'hui j'ai trouvé les parents de mon ami mais je n'ai pas pu leur dire, je n'en ai pas eu le courage. J'ai dit, je ne sais pas où il est. J'ai dit, je suis venu parce que je pensais qu'il était ici. Ils ont dit, il n'a pas intérêt à remettre les pieds chez nous. Il a fichu le camp et il nous a abandonnés. Il n'est plus notre fils. Voilà ce qu'ils ont dit. Alors qu'il est mort. Et moi je n'ai pas eu le cœur de le leur dire. Laissez-moi entrer. Juste une demi-heure. Je ne suis pas un danger. Pour personne. Je voudrais juste m'asseoir un peu et boire un verre d'eau.

Alors Lorenz, bien malgré lui, se laissa prendre et invita l'étranger à entrer, il avait devancé sa mère, il n'avait que neuf ans et se comportait déjà comme le maître de maison, ce qui n'était pas du goût de sa mère. Mais Lorenz se disait, quand le père n'est pas là c'est moi qui commande.

Ils s'assirent à la table, Lorenz en face de l'étranger pour le tenir à l'œil. Maria se releva bientôt pour faire une chose et une autre, se rassit sur la banquette d'angle, se releva encore, incapable de tenir en place. Le chien avait rampé sous la table, il était couché entre les pieds de Lorenz et les pieds de l'inconnu. Le chat était sur l'appui de la fenêtre et regardait dehors, une bande de ciel d'un blanc doré ourlait encore le sommet de la montagne.

« C'est toi l'aîné ? demanda Georg.

– Non, Heinrich est au-dessus de moi, mais il n'a pas la force pour s'imposer face aux gens, il ne fait qu'un avec les bêtes. Je représente mon père qui a dû partir à la guerre. Je veille au bien-être de ma mère.

– Pourquoi cette étrange façon de parler ? demanda Georg. Aucun enfant ne parle comme ça.

– Personne non plus ne parle comme vous, dit Lorenz.

– Personne ne parle comme ça chez vous, mais chez nous à Hanovre tout le monde parle comme ça.

– Tu parles la langue des livres, dit Lorenz. C'est pour ça que j'ai parlé moi aussi la langue des livres.

– Ça veut dire quoi ?

– Ça veut dire parler comme on écrit, répondit Maria. C'est ce qu'on dit chez nous, que quelqu'un parle la langue des livres. Lorenz sait très bien faire ça.

– Et où as-tu appris comment on écrit ? » demanda Georg.

Maria et Lorenz se regardèrent. Ils ne savaient pas à qui s'adressait la question.

« En lisant, finit par dire Lorenz.

– Qu'est-ce que tu lis ? demanda Maria. Et tu lis quand ? Je ne te vois jamais lire. Mais je te crois. Je te comprends. Tu lis quand tu es seul. Je comprends ça. Il lit quand il est seul. Je comprends ça. » Puis elle dit : « Il faut que je sorte, finir d'étendre le linge. »

Quand l'homme et le gamin furent seuls, l'homme raconta sa vie au gamin. Il raconta que dès sa plus tendre enfance il comptait pour du beurre, on l'obligeait à enfiler des lacets en cuir à longueur de journée, il raconta sa rencontre avec son meilleur ami, dont les mains étaient brûlées par le tannage, il avait grandi à la périphérie de la ville, où la puanteur de la tannerie était partout, de jour comme de nuit, là-bas tout le monde puait la tannerie jusque dans ses caleçons et ses chaussettes. Son ami et lui avaient uni leurs forces, ensemble ils avaient inventé une combine pour se procurer de l'argent pour de bon. Pour de bon, et un paquet. Pas une poignée.

Lorenz dit : « Je ne le répéterai à personne, parole d'honneur. »

Un vol à main armée.

« Je suis un criminel, dit Georg. J'ai agressé un homme pour lui dérober son argent, qui n'était même pas à lui. Il n'était qu'un commissionnaire. Mais il avait un pistolet, et nous pas. Il a tiré et mon ami est mort. Moi je suis parti. Voilà.

– Parti avec l'argent ? » demanda Lorenz.

Georg se pencha vers lui par-dessus la table : « Dis-moi, gamin, chuchota-t-il, est-ce que je pourrais te laisser l'argent en dépôt ? Je t'en donnerai un peu.

– Combien ? demanda Lorenz.

– On peut négocier ça toi et moi, dit l'homme.

– Ton histoire est un tissu de mensonges, hein ? » dit Lorenz.

Katharina entra en sautillant, elle qui allait devenir ma sévère tante Kathe, qui me dirait si souvent de me ressaisir, et elle prit place avec les autres, comme pour une photo. Walter tirait le petit chariot avec le chat, lui qui allait devenir mon oncle Walter, qui courrait après toutes les femmes, il ne passait pas inaperçu avec ses cheveux roux, et sa femme le tromperait à son tour avec un homme ressemblant à Clark Gable, parfois ils m'emmenaient tous les deux de l'autre côté de la frontière, en Suisse, ou bien en montagne, je restais assise deux heures dans sa voiture à tourner le bouton de l'autoradio et à m'ennuyer pendant qu'ils baisaient dans un hôtel ou dans une prairie l'été. Pour finir, Heinrich revint de soigner les bêtes, toute sa vie il ne fera qu'un avec les bêtes, comme disait son frère Lorenz. Maria avait maintenant fini elle aussi d'étendre le linge dehors, elle prépara du café et se rassit à sa place à côté de l'inconnu.

« De quoi parlez-vous ? demanda-t-elle.

– On parle juste nous deux, Georg et moi, dit Lorenz. Les autres ne disent rien.

– Et vous parlez de quoi vous deux ?

– On parle affaires », dit Lorenz.

Il manquait encore trois enfants : ma tante Irma, mon

oncle Sepp et puis ma mère, Grete. Mais Grete fut la seule à naître pendant la guerre.

La première fois que je suis allée au Kunsthistorisches Museum de Vienne et que j'ai vu les paysans des tableaux de Pieter Brueghel l'Ancien, j'ai pensé : ils ressemblent aux miens dans les récits de ma mère et de ma tante Kathe. Les enfants sont comme des adultes, mais en plus petit. Ils portent les mêmes vêtements, en plus petit. Ils ont les mêmes visages sérieux, en plus petit. Les maisons sont si petites qu'on a peine à croire que des gens puissent tenir dedans. Je connais toutes leurs histoires. Ce sont des histoires comme dans le tableau sur les proverbes que j'ai vu à Berlin dans la collection de la Fondation du patrimoine culturel prussien. Et de même que je suis incapable d'interpréter nombre de ces proverbes, je ne sais pas non plus quoi penser de bien des histoires concernant ma famille. Parce qu'elles racontent des folies. Il y est question d'un gendarme qui, lorsqu'il avait terminé son service, s'allongeait chez lui sur le canapé et dormait, de temps en temps il mangeait des petites saucisses viennoises en silence et buvait du cacao, rarement autre chose. Puis il se recouchait sur son canapé jusqu'à l'heure d'aller au lit. Jamais un mot à sa femme ni à ses enfants, jusqu'à sa mort, et quand il était à la maison il fallait éteindre la radio. Ses collègues disaient qu'au travail non plus il ne parlait pour ainsi dire jamais. Que penser de cet homme en bas du tableau à gauche, par exemple ? Le pied gauche déchaussé, un bandage blanc autour du mollet droit, il porte un vêtement blanc qui descend au genou, et un gilet moulant par-dessus qui a l'air d'une armure, il tient un long couteau dans sa main droite, lame pointée, il a un casque sur la tête, il appuie le front contre un mur de brique – quel proverbe illustre-t-il ? Et la belle femme, en bas au centre, avec ses cheveux défaits, sa longue robe pourpre au décolleté profond, qui est debout derrière quelqu'un, homme ou femme on ne sait pas, et lui met une cape bleue sur la tête ? Un balai dépasse d'une lucarne du toit. Sur le toit sont posées des écuelles, des vides et des pleines. Mais s'agit-il bien d'écuelles ? Un homme est penché au-dessus d'un toit en saillie et tire à l'arbalète sur les écuelles. Pourquoi fait-il ça ? La mer se devine dans le lointain. On raconte l'histoire d'une jeune femme qui, ayant appris la mort de son mari à la guerre, s'est mise en route pour aller voir ses frère et sœur qui habitaient deux villages plus loin, elle n'est arrivée à destination que quarante ans plus tard, si bien que la guerre suivante était déjà terminée, au cours de laquelle un fils de sa sœur et un fils de son frère avaient trouvé la mort. Tant de choses arrivent, et coexistent, même si elles arrivent l'une après l'autre. Comme sur les tableaux de Pieter Brueghel l'Ancien.

J'ai essayé. Je sais un tout petit peu peindre. Mais je n'étais jamais satisfaite. Si seulement j'étais musicienne !

Les couleurs de base de mon passé antérieur sont presque toutes dans la gamme des bruns. Ocre. Chaud comme l'étable, la couleur des étables est le brun. Velouté. Ou terre gelée, un brun froid et dur, avec une touche de gris métallique par-dessus. Un matin glacial de janvier, ma langue est restée collée contre la poignée de la porte, gelée, je me suis arraché un lambeau de peau. Et puis de temps en temps un vêtement d'un bleu qui vous laisse bouche bée. Prairies desséchées. Très peu de rouge pur, jamais en réalité. Couleur beurre frais. Le bonheur d'un instant de soleil ! Ou quand on joue à chat, un instant où on serait sûr et certain de ne pas être touché. La couleur des visages, indéfinissable. Il y a toute la palette des verts, mais le vert est plutôt caché. Du blanc et du noir, rien que pour Josef. Visage blanc, chemise blanche, costume noir et cheveux noirs. J'ai mélangé les peintures à l'eau jusqu'à ce qu'elles ne se distinguent plus sur la peau de mon avant-bras.

Il faut voir la mémoire comme un vaste capharnaüm. C'est seulement quand on en fait une œuvre dramatique que l'ordre règne. « Ainsi va la vie. » Encore une formule de ma tante Kathe. Ainsi va la vie des miens en particulier. Nous n'avons jamais voulu être des gens particuliers. Ma grand-mère non plus ne le voulait pas. Mais nous étions spéciaux. J'étais pliée de honte. Je crois que ma grand-mère était spéciale et n'avait aucune chance d'y échapper. Elle est au centre. Les nombreux morts gisent à ses pieds. Ce qui ne signifie pas qu'ils rôtissent tous en enfer. « Nous avons tout eu, et l'essentiel ne nous a pas été accordé. » Encore une formule. Mais qui la comprend ? L'essentiel est-il ce qu'on n'a pas besoin d'avoir ? Cette formule, ma tante Kathe la prononçait par exemple après une soirée où il y avait eu de la visite, on avait joué aux cartes et à la fin quelqu'un s'était levé de table et avait dit qu'il était temps pour lui de s'en aller, tous les autres l'avaient suivi et soudain la salle à manger était vide. Alors tante Kathe appuyait les paumes des mains sur la table et disait : « Nous avons tout eu, et l'essentiel ne nous a pas été accordé. » Et son mari, le colérique invétéré, hochait la tête : « Ah oui, ah oui ! »

Dans cette configuration, je suis à côté de ma mère muette – ma mère qui, au moment où j'ai interrompu mon récit, n'était même pas encore dans le ventre de Maria –, je suis du côté du cœur. À côté de moi se tient ma fille Paula, qui n'est plus de ce monde elle non plus, elle était la plus vive d'entre nous, aussi vive que ma grand-mère. « Vive » était une sorte de reproche il y a cent ans. « Ne sois pas si vive ! » C'est ce qu'on disait. « Elle est un peu vive, voilà tout. » On disait ça comme une excuse, j'imagine le dialogue entre une mère et une belle-mère. « Ma fille est un peu vive, voilà tout », dit la mère à la belle-mère de sa fille, et c'est tout juste si elle n'ajoute pas : « Hélas. » Ma fille Paula a fait une chute en montagne à l'âge de vingt et un ans, elle a été tuée par une pierre. Elle m'accompagne tous les jours et du matin au soir, exactement comme ma mère qui est morte à quarante-deux ans et qui nous a laissés, nous les enfants, nous étions quatre. J'avais juste onze ans. Trois d'entre nous ont été placés chez tante Kathe. Mon plus jeune frère chez tante Irma qui, comme ma mère, n'était pas encore née à l'époque où j'ai interrompu l'histoire de ma grand-mère.

Mettre de l'ordre dans mes souvenirs – ne serait-ce pas mentir ? Mentir dans la mesure où ce serait faire croire qu'un tel ordre a existé.

Maria.

Elle est envoûtée par cet étranger qui porte le nom de Georg et elle ne sait pas du tout comment elle a pu en arriver là. Il est assis sur la banquette d'angle, un coude appuyé sur le dossier derrière lui, ce qui fait paraître son torse encore plus large. Il porte une chemise neuve. Une chemise qui n'a jamais été lavée. Ou alors une fois ou deux tout au plus. Une chemise de citadin. Flambant neuve. Pour ça elle a l'œil. Pendant tout ce trajet qu'il a fait depuis Hanovre, pense-t-elle, gardait-il cette chemise de côté pour des occasions particulières ? Et puis il est rasé de près. Les hommes du village se rasent peut-être deux fois par semaine, ou seulement le samedi. Josef, tous les jours. Vraiment tous les jours. « Je te le jure », disait Maria à sa sœur. « Et même deux fois certains jours. Les hommes pas rasés, les barbus, ont l'air inoffensifs. Ont l'air comme tout le monde. Josef ne voulait pas avoir l'air inoffensif. Ni comme tout le monde. Il voulait avoir l'air noir et blanc. Cheveux noirs, visage blanc. Elle ne savait pas d'où lui venait ce goût. Il lui plaisait. Il lui avait toujours plu.

L'étranger était du type blond, cheveux blond roux. Sa peau n'était pas aussi impeccable que celle de Josef, il avait une petite tache rouge ici, et là une autre presque bleuâtre, ici une ridule, et partout des taches de rousseur clairsemées. Il rit à pleine gorge dans la cuisine, sans se gêner. Désigne la salière. Peut-on la lui passer, pour sa tartine, demande-t-il en mastiquant. Il fait l'éloge du petit objet. Qui a la forme d'un bonhomme, chapeau sur le dessus, mains dans les poches. Maria le tient de sa sœur. Le poivrier s'est perdu, une petite bonne femme. Dans cette maison on ne perd rien, mais l'autre moitié s'est perdue. Homme pour le sel, femme pour le poivre. Georg bourre de coups de poing le bras de Lorenz. Lui présente son flanc. Rit la bouche pleine. D'ailleurs c'est bien agréable d'avoir chez soi quelqu'un qui parle et qui rit la bouche pleine. Lorenz rend les coups de poing. Sans se gêner. Heinrich le vieillard de onze ans sourit comme un retraité, il en a aussi l'odeur. Maria est embarrassée par l'odeur de son fils aîné. Une odeur d'étable et de vieille sueur, de vieux corps. Il pourrait rester une journée entière à la fontaine en bas, à se faire couler de l'eau sur la tête et à se frictionner avec le savon raffiné de son père, il sentirait toujours l'étable et la sueur et le vieil homme. Il aura cette odeur toute sa vie. Quand j'ai été à son enterrement, je me suis dit, la tombe sent son odeur, la couronne, les quelques fleurs, le bénitier, l'eau bénite.

Katharina baisse les sourcils – ne trouve-t-elle donc rien à critiquer chez cet étranger ? Ne se demande-t-elle pas ce qu'il vient faire ici ? Elle l'aime bien, oui, c'est un fait. Le chat se frotte contre le mollet de l'homme et donne des petits coups de front contre son poing. Le chien lui lèche la main, tend la tête et la bouge dans tous les sens pour l'aider à trouver le bon endroit où il a envie qu'on le gratouille. Et le petit Walter lui saute déjà sur les cuisses, Walter le gamin rigolo qui mènera tout le monde en bateau jusqu'à la fin de sa vie, qui fera toujours rire tout le monde et n'en voudra jamais à personne, pas même à sa femme quand elle le trompera, ni à sa maîtresse quand elle commencera à s'intéresser à son plus jeune frère, Sepp, qui au moment où se situe mon récit est encore très loin de naître. Avec ses cheveux orange, Walter pourrait carrément passer pour le gamin de l'inconnu. Qui d'ailleurs ne dit pas gamin, il dit « garçon ». Peut-il aider Maria à quelque chose, demande-t-il. Il ne sait rien. Non, il ne sait rien du tout. Ce qui se passe en elle, il ne le sait pas. Ou s'il le sait, il n'en profite pas. Peut-il avoir encore un peu d'eau. Lorenz se propose, il prend le verre, sort et court en bas à la fontaine. Cet homme sait que je suis tombée amoureuse de lui, se disait Maria, mais il n'en profite pas.

Amoureuse, oui, elle l'était, et c'était mieux que le sentiment qu'elle avait pour Josef, son mari. Elle en faisait le constat pour elle-même. Encore et encore. Jamais elle ne le dirait à personne. Et qu'importait ce sentiment, il n'aurait pas de conséquences, Georg ne reviendrait pas et il ne lui resterait rien de lui. Les sentiments partent en fumée, ce n'est que dans les romans qu'ils durent davantage, soi-disant, et même toute une vie dans certains romans, soi-disant.

Le soir au moment de partir il posa les mains sur ses épaules, ils étaient encore à l'intérieur de la maison, dehors quelqu'un d'en bas aurait pu avoir des antennes, et il garda les mains posées là un certain temps, caressa du pouce la peau sur les clavicules. Il n'aurait pas osé embrasser d'emblée un tel visage, pas même si c'était permis, dit-il.

Le lendemain il ressurgit dans la cuisine. Maria était en train de touiller la semoule avec le lait. Elle sursauta, le regarda et ne put dire un mot. Les enfants étaient quelque part autour de la maison, à profiter de la dernière chaleur du soleil d'automne. Il avait guetté ça. Il y avait de quoi faire dehors, il y avait de quoi jouer, il y avait de quoi s'occuper. La semoule attachait, mais pas trop, c'était encore remédiable.

« Je peux en avoir un peu ? demanda-t-il. Ça sent délicieusement bon ! »

Elle se planta devant lui et dit tout bas : « Je me disais, espérons que je le reverrai. » Elle n'avait pas eu besoin de courage pour dire ça. Ils n'en étaient plus au stade où il aurait fallu du courage pour parler de la sorte. Mais ils ne le savaient ni l'un ni l'autre avant cet instant.

Dehors les enfants travaillaient et faisaient semblant de travailler – le jeu est-il autre chose ? Ils avaient vu Georg grimper le chemin abrupt et ils avaient trouvé ça normal, même s'il venait pour la deuxième fois. Ma tante Kathe m'a raconté que c'était sans doute parce qu'eux, les enfants, avaient fait une croix sur leur père, il faut dire qu'il y avait déjà deux morts parmi ceux qui étaient partis à la guerre avec lui, alors les enfants devaient penser, maman se cherche un nouveau mari, mais ma tante ne pouvait pas non plus en être tout à fait certaine, parce que primo ça remontait à trop loin, et secundo c'était plus une intuition qu'une pensée.

Le surlendemain il était de retour. Si tôt cette fois qu'un témoin apercevant par hasard Maria et Georg devant la maison après le premier petit-déjeuner aurait pu croire que l'homme avait passé la nuit là. Lorenz, qui était sorti derrière eux, était encore en chemise de nuit, une chemise blanche. Dehors il ne faisait plus tout à fait noir. C'était le dernier jour des vacances. La mi-septembre. Mais où un étranger aurait-il bien pu dormir dans cette maison, dites-moi ?

Maria tremblait d'émotion et l'après-midi, au moment où Georg lui disait « un au revoir définitif », elle s'adossa contre la porte fermée, il était tout près d'elle, leurs corps au-dessus de la ceinture se touchaient, et elle lui mordit la main. Katharina le vit, à cet instant précis elle poussait la porte de l'intérieur pour sortir. Georg porta sa main blessée à sa bouche. Un bref juron. Puis il embrassa Maria. Et elle laissa faire. Raide, muette et heureuse. Il ne pouvait plus s'arrêter. Katharina les regardait.

Si j'avais interrogé ma tante Kathe, elle ne m'aurait jamais raconté quoi que ce soit. Mais un jour, elle avait plus de quatre-vingt-dix ans déjà, elle m'a raconté. D'elle-même. Avec une drôle d'expression sur le visage, comme si elle voulait encore se débarrasser de cet épisode avant qu'il ne soit emporté sans avoir jamais été raconté. Elle m'a raconté ce long baiser. Et le sang qui coulait sur la manche de l'homme tandis qu'il tenait la tête de leur mère entre ses mains.

Heinrich ne vit rien de tout cela. Il ne faisait qu'un avec les bêtes, comme disait Lorenz, dans la langue des livres.

Moi aussi, j'ai mordu la main du premier homme de ma vie, je ne connaissais pas encore cette histoire à l'époque. Il était marié, je n'avais que dix-sept ans. Étais-je en droit de faire comme s'il n'appartenait qu'à moi ? Je voulais évidemment être la seule et unique. L'épouse n'a pas d'importance. Elle ne compte pas. C'est une espèce de sœur. Il parlait d'elle comme d'une espèce de sœur. Je lui posais des questions sur elle. « Comment va-t-elle ? Elle n'est plus enrhumée ? » Je m'enquérais d'elle comme si je m'en souciais. Il avait vingt ans de plus que moi, il avait une voiture américaine, un « char », à partir d'une certaine taille on disait un « char » et on pensait que c'était forcément une américaine. Il la garait devant notre pâté de maisons.

Ma petite sœur, qui savait tout de moi et qui se souvenait à peine de notre mère, regardait par la fenêtre : « Il est là ! »

Je me postais derrière elle et je le voyais dehors qui tournait la manivelle pour abaisser la capote ou essuyait une poussière sur l'aile de son char avec sa manche. Il ne klaxonnait pas. Je n'aurais rien eu contre. Il ne voulait pas. Selon lui, je n'avais qu'à tendre l'oreille et guetter, je l'entendrais bien arriver. Klaxonner quand on vient chercher sa bien-aimée, c'était prosaïque. Je ne connaissais pas ce mot et je l'ai cherché dans le dictionnaire. Il faisait tout dans les règles. Il possédait un autoradio de la marque Blaupunkt parce que c'étaient les meilleurs. Je me disais, je vais le faire attendre, un quart d'heure, une demi-heure, jusqu'à ce que son envie de moi le fasse grimper au rideau. J'étais prête à tout. Il pensait que je ne l'étais pas encore.

Six mois plus tard, c'était moi qui l'attendais, dans un café, trois heures durant, en buvant du thé noir jusqu'à en avoir des crampes d'estomac. Je me trouvais lamentable. J'étais une femme qui attendait. Ne faisait qu'attendre. Moi qui étais née pour faire attendre les autres ! Nous avions rendez-vous. J'étais à l'heure, à la minute près. Comme chaque fois ces derniers temps. Ce petit jeu de l'attente me paraissait désormais stupide. Il n'est pas venu. Je l'ai attendu trois heures. Le lendemain, j'étais de nouveau dans le café, je savais que je ne m'étais pas trompée de date, mais j'avais besoin d'un peu de réconfort et j'ai fait comme si je m'étais trompée. Je l'ai attendu encore un troisième jour. Sans aucun réconfort cette fois. Aujourd'hui je te l'offre, ton thé, m'a dit la serveuse. Au-dessus de la bouche elle était pas mal, des yeux expressifs, un front distingué, mais sa bouche était affreuse, une lippe molle et pendante.

« Ça ne rime à rien », a-t-elle dit.

J'ai cessé de me coiffer, de me laver, et quand tante Kathe m'a dit que j'avais l'air d'une tapineuse, ça ne m'a fait ni chaud ni froid.

Mon bien-aimé – c'est ainsi que je le nommais dans mes pensées, et uniquement là – a refait surface six mois plus tard, je lui ai pardonné et nous nous sommes revus tous les soirs. Mais un jour qu'il passait son pouce sur ma bouche, dont il avait soi-disant tellement rêvé dans son « exil », je l'ai mordu, j'ai planté les dents dans le gras de son pouce comme un pitbull terrier, il hurlait et secouait ma tête dans tous les sens. Sa main s'est enflammée, il s'est fait vacciner contre le tétanos à l'hôpital, ce qui n'aurait pas été nécessaire, mais il voulait me montrer que je m'étais comportée comme une sale bête et qu'une morsure de moi devait se traiter comme la morsure d'une sale bête.

« Comment je vais expliquer ça à ma femme ? geignait-il. On voit l'empreinte des dents. Le médecin a dit que ça me laissera une cicatrice qui aura exactement la forme de la blessure. À vie. »

Je ne me suis pas excusée, je lui ai suggéré de dire à sa femme qu'il s'était mordu lui-même. Quand on s'excuse, c'est qu'on est coupable.

« Elle va me prendre pour un fou ! Personne ne se mord tout seul ! »

Il n'avait qu'à dire que c'était en rêve, lui ai-je conseillé, et je ne plaisantais pas, je le jure. Il n'avait qu'à dire qu'il avait rêvé d'une escalope viennoise et qu'il avait donné un coup de dents. C'était drôle, ça ferait sûrement rire sa femme.

« Elle ne me croira pas, a-t-il gémi de plus belle. Déjà qu'elle est méfiante. Elle comparera mes dents avec l'empreinte ! Je n'ai pas du tout les mêmes dents que toi ! »

« Elle est comme ça ? » ai-je demandé, sans aucun cynisme, j'étais sincèrement étonnée. « Une femme qui compare les empreintes de dents ? »

Sa femme habitait en Suède, ils avaient un enfant qui avait été conçu à Paris. Du coup cette petite fille s'appelait Paris, et elle avait sept ans. Elle vivait avec sa mère à Stockholm, elle parlait soi-disant le suédois et l'allemand, et elle était surdouée en tout. Avant qu'il parte, elle lui avait annoncé qu'elle voulait lire Nietzsche, *Ainsi parlait Zarathoustra*, elle devait croire qu'il s'agissait d'un roman, estimait-il. Je connaissais le nom de Nietzsche grâce à mon père et le titre du livre ne m'était pas inconnu non plus, quant à savoir si c'était un roman ou pas un roman, je l'ignorais. Mais je me suis tue. Il ne fallait pas qu'il pense que je n'étais pas plus futée à dix-sept ans que sa fille qui en avait sept.

« Je te suis revenu malgré tout, a-t-il dit.

– Pourquoi "malgré tout" ? » ai-je demandé.

Il m'était revenu. Je voulais croire à toutes ses promesses, même si je ne le croyais pas vraiment. Il allait quitter sa femme, disait-il, sa décision était irrévocable, un divorce était trop compliqué, il voulait tout de même pouvoir serrer sa fille dans ses bras de temps en temps.

J'ai dit : « Si tu veux la quitter de toute façon, peu importe qu'elle sache que je t'ai mordu. Peut-être même qu'elle aura de la sympathie pour moi, et il lui sera plus facile de te laisser partir. »

Il avait un petit appartement dans notre petite ville. Je pouvais m'installer chez lui, d'ailleurs il était souvent en voyage, si ça ne me dérangeait pas, on n'était pas obligés de se marier, il trouvait le mariage hypocrite. Il avait déjà pratiqué une fois ce genre de mensonge, ça suffisait.

Il était ami avec le philosophe Karl Jaspers. Je lui ai demandé, est-ce que ça fait de toi un philosophe, et il a dit qu'il était en bonne voie. À l'époque je ne savais pas qui était Karl Jaspers. J'écrivais à mon amant des lettres brèves qu'il aimait bien, me disait-il, j'avais des pensées bien à moi, ça lui plaisait. Et ma façon de les formuler lui plaisait tout spécialement, j'étais vraiment spéciale. Une fois il m'a emmenée avec lui à Bâle. C'était là que vivait le philosophe, il n'était plus en très bonne santé, des difficultés respiratoires, mais il se réjouissait de nous voir.

Le philosophe avait l'air très vieux, sa voix était faible et il avait cette prononciation pointue des Allemands du nord qui me donne toujours l'impression qu'ils blaguent un peu. Je tremblais d'appréhension. Je pensais : si je dis ne serait-ce que « Bonjour », ça va être une gaffe, je vais me faire chapitrer ou moquer. Mon père était cultivé et lisait les philosophes, si bien que je savais l'importance pour moi d'en rencontrer un de ce calibre. Je me suis assise en silence sur le siège qu'on m'a désigné. Mon ami discutait avec le philosophe, en imitant sa façon de parler, par vénération. Il était question, si je me souviens bien, de la « pensée sans objet ».

À un moment le philosophe s'est tourné vers moi, m'a demandé mon âge, puis il a dit, je vous connais.

« Non », ai-je dit, mais si bas qu'à tous les coups il n'a pas entendu.

« Je connais une phrase de vous », a-t-il dit. Il a sorti de sous ses papiers une petite feuille et il a lu :

« J'aimerais savoir ce que tu es et pourquoi tu es

comme ça, je ne peux pas te faire confiance, tout ce que tu veux être paraît inventé, en chair et en os tu es sans doute un escroc, et le pire c'est que je m'en fiche… »

Cette phrase était dans une lettre à mon amant. Il avait donc montré à quelqu'un ce qui n'était destiné qu'à lui. Le philosophe m'a regardée et il a dit, cette fois sans sa petite intonation blagueuse d'Allemand du nord :

« Buvez votre thé avant qu'il soit froid. »

Nous ne sommes pas restés longtemps. Le philosophe commençait à se fatiguer et nous avons dû prendre congé. Il y avait une soirée le lendemain où je pourrais rencontrer des gens intéressants, il fallait que je vienne. Ce pouvait être important pour mon avenir.

La soirée avait lieu dans un appartement bourré de livres et de gens qui avaient tous au moins trois fois mon âge, les livres étant beaucoup plus vieux encore, il y avait quatre fois plus d'hommes que de femmes. J'étais debout contre le mur.

« Ne bois pas et ne fume pas, tu me promets ! » a dit mon amant avant de disparaître dans la foule. J'ai cherché des yeux le philosophe. Aucune trace du vieux monsieur qui m'avait piqué ma phrase.

Une femme s'est approchée de moi, elle avait une coiffure afro, ce qui à l'époque annonçait la couleur, et elle sentait une odeur douceâtre, je ne savais pas de quoi, aujourd'hui je sais, du patchouli, ce qui annonçait aussi la couleur. « Viens, a-t-elle dit, je vais te préparer un cacao. »

Je suis montée avec elle dans une petite pièce. Il y faisait chaud, elle m'a poussée sur un canapé et m'a couverte parce que j'avais l'air frigorifiée.

« C'est bien que tu ne fumes ni ne boives, ne te laisse pas corrompre. » Puis elle a dit cette phrase que je lui ai piquée et que j'ai appliquée à ma grand-mère : « Tu es spéciale et tu ne peux sans doute pas y échapper. »

Le cacao était très chaud et très sucré, elle s'est assise à côté de moi.

« Tu es avec lui depuis combien de temps ? » a-t-elle demandé.

J'ai dit qu'il était difficile de répondre parce qu'il y avait toujours de longues pauses entre nos rendez-vous.

« Tu sais qu'il est marié et qu'il a un enfant qui porte ce nom débile de "Paris" ? » Elle n'a pas attendu ma réponse. « Curieusement il ne ment pas. Il n'est encore jamais tombé sur une innocente comme toi, que je sache.

– Mais vous ne me connaissez pas », ai-je dit.

Cette même nuit elle m'a emmenée à la gare, m'a poussée devant elle sur le pavé, la rue était en pente, elle m'a acheté un billet, me l'a brandi sous le nez. Et a noté au dos un numéro de téléphone.

« Quand tu seras enceinte, appelle ce numéro, a-t-elle dit. Demande-moi. Heidrun. Je te l'écris aussi. On ne retient pas ce nom. »

À la maison, seule ma petite sœur s'était inquiétée pour moi. Ça faisait tout de même deux jours et demi que j'étais partie. Elle était couchée dans mon lit, portait mon pyjama et écrivait dans mon carnet. Elle se disait déjà que je ne reviendrais jamais et que dorénavant elle allait devoir être moi. Plus tard, alors que nous étions des femmes toutes les deux, elle m'a dit qu'elle aurait bien aimé.

J'ignore tout des rêves de ma grand-mère... – Je n'ai hérité qu'une chose de la belle Maria : son carnet d'échantillons. Tante Kathe me l'a donné, une main posée dessus comme si elle devait encore le bénir. Le beau-frère, Kaspar, qui avait de l'entregent, l'avait rapporté de Vienne, son idée était d'ouvrir une usine de tissage à Bregenz, la première dans la région, et de vendre le tissu jusque dans la capitale très loin à l'est. C'était avant la guerre. Maria aimait les étoffes, comme moi, le bout des doigts lui démangeait – me démange – quand elle avait devant elle – quand j'ai devant moi – de la batiste de soie, du tulle, du velours, du voile de coton. Fût-ce en petits carrés dans un carnet d'échantillons grand comme un cartable d'enfant. Quand ma mère est née, ma grand-mère était dans un lit douillet chez sa sœur, sa sœur avait assisté à l'accouchement à domicile et donné l'ondoiement à ma mère, Maria était couchée, calée contre les oreillers, à côté d'elle la minuscule

Margarethe, Grete, dans une coquille de noix. Maria était Blanche Neige, noire comme l'encre, rouge comme le sang, blanche comme du papier à lettres. Son beau-frère lui apporta le carnet d'échantillons, Maria l'avait toujours admiré quand elle allait chez eux. Il dit que c'était un cadeau pour elle. Maria caressa du bout de doigts les précieux carrés de tissu et se mit à rêver. Elle rêva qu'elle partait loin de tout, loin de la famille, des enfants. Elle n'aurait pas eu mauvaise conscience, c'est ainsi que je la vois, ainsi que je l'imagine. Comme si la famille n'avait jamais existé. Comme si elle était née à Vienne ou à Berlin, dans des villes où une femme comme elle ne serait pas passée inaperçue. Son beau-frère avait des livres avec des photos de Vienne et de Berlin, elle aimait les regarder. Elle rêvait qu'elle était à l'opéra, regardant du haut de sa loge les spectateurs à l'orchestre qui parlaient d'elle à voix basse. Elle était la beauté qui alimentait les conversations. On voyait là des dames et elle était l'une d'entre elles. Elle portait une robe bleu glacier, bleue comme la neige tôlée luisant sous le soleil, qui scintillait, et elle avait les yeux aussi brillants que les femmes dans les romans. Ses mains, abîmées par les lessives, seraient dissimulées sous des gants en soie de l'Atlas. Ou plutôt non, elle n'aurait pas les doigts abîmés ! Elle serait une citadine née. Serait-elle escortée d'un cavalier ? Le mot de « cavalier » sonnerait-il aux oreilles des dames de la ville comme aux siennes ? À moins que ce mot ne fasse rire les dames de la ville. Son cavalier imaginaire ressemblait tantôt à Josef, tantôt à Georg, Josef avec sa noirceur était plus distingué, mais son cœur battait pour Georg. Josef en frac serait le plus bel homme de tout l'opéra. Tous les yeux seraient rivés sur lui. Mais en rêve on a le droit d'être égoïste. Elle ne voulait partager la vedette avec personne. Elle voulait être admirée, et elle seule. C'est donc Georg qu'elle voyait à ses côtés. Elle l'appelerait tendrement « mon renard », à cause de sa malice et de la couleur de ses cheveux. Ils rentrent chez eux en calèche, dans leur appartement en ville, et dans son émoi elle renverse sa coupe de champagne. Elle ne savait même pas comment on écrit « champagne ». Georg la déshabillerait, passerait la robe par-dessus sa tête, elle aurait la tête qui tourne à cause de l'alcool, ensuite il lui ferait couler un bain. Ce serait comme une scène orientale. Elle ne serait pas dépravée. Quand elle émergerait de la vapeur, elle aurait l'air de sortir tout droit d'un nuage. Georg dirait : Je n'ai jamais rien vu au monde de plus beau. – Un rêve, une minute, et déjà on n'y croit plus. Moi qui suis en train d'imaginer ce rêve et de le mettre par écrit, j'y aurai cru plus longtemps que Maria. J'ignore tout des rêves de ma grand-mère.

Georg était revenu encore une fois. Mais cette fois il n'avait pas vu Maria. Lorenz l'avait intercepté en bas à la fontaine. Où il travaillait à son invention, il voulait en parler à Georg.

C'était le problème de l'eau. La fontaine était un peu en contrebas de la maison et ne leur appartenait pas vraiment. Mais celui à qui elle appartenait ne s'était jamais manifesté. Le ruisseau descendait de la montagne et quelqu'un avait installé une rigole en bois, avant l'installation de Josef et Maria dans cette maison, la rigole acheminait de l'eau détournée du ruisseau jusqu'à un bassin bétonné d'un bon mètre et demi de large et un petit mètre de haut, probablement conçu pour le bétail. Josef avait assemblé des planches pour lui faire un toit. Le dernier tronçon de la rigole était mobile, si bien que l'eau se déversait soit à l'intérieur du bassin, soit à côté. Quand on s'agenouillait dans le bassin, on pouvait faire ruisseler l'eau sur sa tête. Elle était très froide. C'est ainsi que Josef se lavait chaque jour. Nu de la tête aux pieds. Même en hiver, tant que le ruisseau n'était pas gelé. L'eau dont on avait besoin pour la maison devait être transportée dans des seaux. Personne n'aimait faire ça. Lorenz voulait inventer quelque chose. D'abord pour simplifier la vie de sa mère, de ses frères et sœurs et la sienne, mais surtout parce qu'il prenait plaisir à ce genre d'élucubration. Comment cela peut-il marcher ? Il avait déjà vu chez sa tante le charme d'avoir l'eau et l'électricité dans la maison.

Lorenz était assis au bord de la fontaine en train de faire des plans sur la comète quand il vit Georg monter le chemin empierré. Il descendit à sa rencontre et quand ils furent tous deux à la fontaine Lorenz avait déjà exposé son idée à Georg. Une sorte de funiculaire avec des crochets auxquels on pourrait suspendre le seau d'eau. Il fallait quelqu'un en bas au niveau de la fontaine pour remplir le seau, et un autre en haut pour tourner une espèce de manivelle.

« Quand on dit "une espèce de", c'est qu'on ne sait pas exactement à quoi ça ressemble. » Ce fut le seul commentaire de Georg.

Lorenz se tut.

« Fais un dessin », dit Georg.

Lorenz se taisait toujours.

« Ne te vexe pas », dit Georg, et il dit qu'il était venu dire au revoir pour de bon. Mais il lui faisait une proposition : quand la guerre serait terminée et que tout irait bien, que son père serait de retour et que lui, Lorenz, aurait terminé l'école, ne voudrait-il pas venir chez lui à Hanovre. « Je te trouverai quelque chose de bien. Les gens comme toi doivent aller en ville. C'est là qu'on a besoin d'eux. Ici à la campagne, qui a besoin d'un gars avec des idées ? »

Georg sortit une bourse en cuir de sa poche et la tendit à Lorenz. « Cache-la, dit-il, et si ta mère devait avoir des difficultés, donne-la-lui.

– Qu'est-ce qu'elle a, ta main ? » demanda Lorenz.

Georg l'avait bandée. Katharina n'avait raconté à personne ce qu'elle avait vu. Parce qu'elle ne savait pas comment l'interpréter. Pourquoi maman a-t-elle mordu la main de cet homme ? Pourquoi elle fait ça ? Elle l'aime bien, pourtant. Tout le monde l'aime bien. On ne mord pas quelqu'un quand on l'aime bien.

« Ce n'est rien du tout, dit Georg. C'est presque guéri. »

Ensuite il était resté un moment planté là, indécis, il avait levé les yeux vers la maison, avait mis sa main valide sous le jet d'eau et dit qu'elle était sacrément froide. Mais en haut à la maison il n'y avait personne. Il avait pris une longue inspiration, et puis il était parti.

Mon oncle Lorenz était respectueux, il garda la bourse, la dissimula parmi ses affaires, à chaque difficulté que rencontrait sa mère il se demandait si c'était le moment, mais il ne l'ouvrit qu'une fois sa mère morte et son père aussi. La bourse ne contenait pas d'argent, ni d'or, on le sentait en la palpant. Dedans, il y avait une poignée de jolies pierres, un gros cristal de roche, une demi-douzaine de coquillages et un escargot de mer. Ainsi qu'une feuille de papier pliée en tout petit, avec écrit dessus : « Ma chérie ».

Lorenz informa sa mère et lui dit que Georg ne reviendrait plus, il le lui avait dit expressément, avait employé ces mots-là, et l'avait prié expressément de les lui répéter. Elle attendit la nuit, que les enfants dorment, et elle but le schnaps qui était là pour laver les blessures, elle vida la bouteille. Katharina la trouva au petit matin et la crut morte. Elle se précipita en bas au village telle qu'elle était, cheveux défaits, en chemise de nuit, dans le noir, chez le maire, frappa des deux poings contre la porte et hurla qu'il était arrivé une chose absolument terrible.

Le maire souleva Maria dans ses bras et la porta jusqu'à la fontaine. Là, il la déshabilla, l'assit dans le bassin de béton et fit couler de l'eau froide sur elle jusqu'à ce qu'elle ait la peau bleue. Il la sécha avec sa chemise et la ramena nue dans la maison. Il l'enroula dans une couverture et l'allongea sur le lit. Puis avec Katharina il attendit que le jour se lève. L'enfant et l'homme étaient assis dans la cuisine, la porte de la chambre restait ouverte. « Tu n'auras pas à aller à l'école aujourd'hui, lui dit-il. Lorenz et Heinrich non plus. » Il envoya Katharina au village, trouver sa femme. Qu'elle vienne et apporte un solide petit-déjeuner pour tout le monde. Et surtout du café en grains. Moulu.

Mais ce n'était pas encore fini. Le désespoir n'avait pas encore atteint son terme, et on se demandait bien d'où pouvait venir tant de désespoir.

Comment fonctionnent les arrière-pensées ? Elles sont là, qui attendent leur tour. Elles sont patientes, mais dès qu'elles repèrent une brèche, elles s'engouffrent dans l'action principale et elles changent tout. Les espoirs de Georg étaient les suivants : si le mari de la belle Maria ne revenait pas de la guerre, lui, Georg, les prendrait tous en charge et serait pour eux un bon chef de famille. Tout le monde irait s'installer à Hanovre. On demandera d'abord à chacun s'il est d'accord. Et si ce n'est pas le cas, eh bien non. On restera ici. Il n'était pas un dictateur. Mais rester dans la petite maison au fin fond de la vallée, ça non, certainement pas. On trouvera autre chose. – Telles étaient les arrière-pensées de Georg.

Lorenz devinait ces arrière-pensées. Mais il les écartait. Il aimait bien cet homme, vraiment bien, il se voyait facilement passer toute sa journée avec lui. Ce qu'il n'avait jamais imaginé avec son père. Lorenz parlait volontiers, son père non. Un homme qui se fait couler de l'eau froide sur le corps tous les jours, même en hiver, n'est pas comme les autres. Et quand un tel homme n'ouvre presque jamais la bouche, son fils ne peut guère imaginer ce qu'il est réellement. Il ne pouvait même pas imaginer qu'il aimait sa mère. Pour Georg, il l'imaginait facilement. Lorenz faisait son examen de conscience : son père lui était-il aussi cher que Georg ? Son père avait-il jamais parlé avec lui d'une invention ? Non. Et il ne le ferait jamais.

Tout cela demeurait secret.

Mais ce qui se jouait en secret était plus fort que la réalité. Maria n'avait donc pas vu que Georg était revenu. Mais Lorenz faisait une drôle de tête. Il se taisait. Il faisait une drôle de tête, comme s'il cachait quelque chose. Elle l'avait bombardé de questions, et il avait avoué. Alors sa mère avait explosé. Elle avait envoyé valser les assiettes sur la table, et la nuit, une fois seule, elle avait bu toute la bouteille de schnaps. S'était écroulée sur le sol de la cuisine. Katharina avait trouvé sa mère. Et cætera, j'ai déjà raconté tout ça. En réalité, je devrais répéter cette histoire trois fois de suite. C'est ce qu'a fait ma tante quand elle me l'a enfin racontée : elle a redit l'histoire en entier, trois fois de suite, au mot près, en commençant par Lorenz en bas à la fontaine, qui voit arriver Georg, puis Lorenz qui fait une drôle de tête devant sa mère, sa mère qui le bombarde de questions, qui explose, qui vide la bouteille de schnaps pendant la nuit, et elle, Katharina, qui court au village en bas chercher le maire, et puis qui y retourne un peu plus tard pour aller trouver la femme du maire. Elle a dévidé l'histoire jusqu'au bout comme une litanie, elle a raconté comment le maire ramenait sa mère nue de la fontaine et la déposait sur le lit, la couvrait, et puis l'envoyait, elle, Katharina, chercher sa femme au village, lui dire de venir avec du café. Quand ma tante a eu terminé, elle a recommencé du début sans faire de pause, et ce trois fois de suite. Sans autre commentaire. À moi d'en penser ce que je voulais.

À savoir que Maria, à dater de ce jour, n'avait plus envie de vivre. Et que si elle était morte je n'aurais pas existé, puisque Grete, ma maman, n'était pas encore née. – Voilà ce que je devais en penser.

Quand Maria retrouva ses esprits, elle eut honte. Elle garda les yeux fermés. Elle se chercha une excuse. Elle dirait qu'elle avait rêvé que Josef s'était pris une balle, si bien qu'elle avait eu un instant de folie, et dans sa folie elle avait bu la bouteille de schnaps. Mais tout cela aurait paru stupide. Alors elle garda les yeux fermés et fit semblant d'être morte, expira très longuement jusqu'à n'avoir plus d'air. Le visage du maire était au-dessus d'elle, elle sentait l'odeur de menthe poivrée. Il lui caressait les joues.

Le petit Walter, Lorenz et Heinrich étaient près du lit.

« Il faut faire appeler le médecin, dit le maire. Il faut qu'il l'examine, ce doit être une intoxication. Il faut qu'il lui enlève ça de l'estomac et des intestins. »

Que Heinrich fonce au village à la suite de Katharina et dise au facteur adjoint de téléphoner au docteur. Dans la panique il avait oublié de demander à Katharina de le faire.

Heinrich baissa la tête et ne réagit pas, il avait peur de faire quelque chose de travers.

Lorenz se proposa : « J'y vais », dit-il et, s'adressant au maire : « Toi, tu restes avec elle !

– Je te le promets », dit le maire, comme si Lorenz était un adulte, comme s'il était son propre père.

Lorenz connaissait les ivrognes du village, tous des hommes, qui chaque fin de semaine titubaient dans les rues, s'effondraient et gisaient souvent jusqu'au lendemain matin là où ils étaient tombés. Mais une femme peut-elle tenir le coup ? Son père n'avait jamais fait partie de ces hommes-là. Son père ne buvait pas d'alcool. Lorenz savait, on le racontait, qu'une femme avait un jour perdu les pédales, elle s'était noyée dans la fosse à purin avec son nouveau-né. Elle avait vidé une bouteille de schnaps avant. Sa mère avait dit d'elle à l'époque, la pauvre femme, avec tout ça elle n'a pas tenu le coup. Il y avait aussi l'expression : « Ça t'a pris ? » On disait ça quand quelqu'un commettait un acte dont on ne l'aurait pas cru capable. « Ça l'a pris. » Qu'est-ce qui l'a pris ? Comme une bête vous prendrait. C'est ce qu'on entend. Est-ce que ça avait pris sa mère ?

Le maire envoya Heinrich dehors. « Et emmène Walter avec toi. Il n'a pas besoin de voir ça. Va avec lui. Marche dans la montagne avec lui pendant une heure, et puis encore une heure ! »

Le médecin ne vint que le soir. Ça va aller, dit-il. Rien de bien méchant. C'est juste un état d'ébriété avancé.

La mère avait besoin de repos pour se rétablir et les enfants firent son travail. Le maire vint la voir chaque jour jusqu'à ce que son visage ait retrouvé des couleurs. Ce qui prit beaucoup plus de temps que pour un état d'ébriété, même avancé.

Le maire avait observé l'étranger, il l'avait vu à trois reprises se diriger vers la maison de Maria. Il ne savait pas si quelqu'un d'autre l'avait vu aussi. Peut-être le facteur adjoint. Qui ne dirait rien à personne. Il ne dirait rien qui puisse causer du tort à Maria. Quand le maire vint rendre visite à Maria, il s'assit en face d'elle à la cuisine, elle était encore très pâle. Il vit qu'il avait l'avantage, il regarda Maria comme jamais auparavant, il lui caressa le cou, ce qu'il n'avait jamais fait de cette manière auparavant, il passa les doigts dans ses cheveux, les enroula autour de sa main et l'attira vers lui, tout cela était nouveau. Maria se laissait faire.

Le maire dit : « Maria, tu ne voudrais pas te laver un peu, toi qui étais toujours si propre, avec des vêtements toujours si blancs. »

Son corsage était taché, les chemises des enfants n'avaient plus été lavées depuis longtemps. Katharina balayait le plancher, Lorenz faisait la vaisselle et s'occupait des provisions, Heinrich était à l'étable comme toujours, mais tout avait plutôt triste mine dans l'ensemble.

« Qui ? était ? cet homme ? » demanda le maire. Et comme elle ne répondait pas, il répéta sa question. Puis il cria, leva la main et frappa dans le vide, en frappant dans le vide il voulait faire comme s'il frappait l'homme. Le maire n'était pas un cogneur. Mais il voyait bien le problème.

« Est-ce qu'il t'a harcelée ? »

Maria ne répondit pas.

« Est-ce que tu as apprécié qu'il te harcèle ? » Puis il s'adressa à elle différemment, comme s'il était un officier de l'État, ici, dans la maison de Maria. « Est-ce qu'elle a apprécié ? »

Josef lui avait demandé de veiller sur Maria, il le lui avait promis, et c'était ce qu'il pensait faire.

« Explique-moi », dit le maire, et cette fois il ne lui caressait plus la joue avec tendresse mais la saisit par l'épaule. « Explique-moi la situation ! »

Et comme elle ne répondait toujours pas, il lui hurla dessus, puis bondit de sa chaise et oublia toutes les bonnes manières que sa mère lui avait apprises : « Et ne me mens pas, surtout ! Cette fois ma patience est à bout ! Enfin je vois clair en toi ! Pauvre Josef ! Tu ne fais que mentir ! Sans arrêt, tu ne fais que mentir ! Tant de mensonges qu'il y aurait de quoi se payer une bagnole avec et faire le tour de la vallée, une voiture noire avec une plaque d'immatriculation suisse, et tout le monde penserait qu'elle appartient à un millionnaire suisse. C'était un Suisse ? Réponds ! Je te demande si c'était un Suisse ! Il a mis de l'argent sur la table ? Sors-le ! Les voilà qui raflent tout, à présent, ils échappent à tout et maintenant ils raflent tout ! »

Le maire secouait toujours les épaules de Maria, il lui malaxait les épaules et le dos. Elle prit son visage dans ses mains et fondit en larmes, ce qui le rendit encore plus fou.

« Et tu pleures sur lui, en plus ? Ça veut tout dire ! Elle pleure sur lui, ça veut tout dire ! »

Le lendemain, le maire monta de nouveau le chemin,

frappa et dit à travers la porte entrebâillée qu'il était désolé, que Maria veuille bien lui pardonner, il avait oublié toutes les bonnes manières que sa mère lui avait apprises, mais c'était seulement à cause de tout ce souci qu'il se faisait pour elle.

Ma grand-mère se rétablit. Ne parla pas de ce qui s'était passé. Quand la lune brillait dans la chambre, elle restait réveillée dans son lit et pensait à Georg. Il s'était enraciné si profondément dans son cœur ! Nul ne pouvait lui ôter son désir, parce que les pensées sont libres. Elle ne connaissait personne en qui elle ait confiance. Le maire venait tous les jours, vérifier que tout allait bien, disait-il. Il n'avait pas réussi à découvrir qui était cet homme. Lorenz lui avait dit qu'il venait de Hanovre et s'appelait Georg, il n'en savait pas plus. Sa mère l'avait rencontré le jour de la foire. Questionné sur le nombre de ses visites, Lorenz dit qu'il n'était venu voir Maria que deux fois à sa connaissance.

Une lettre de Josef arriva dans laquelle il annonçait une permission.

Deux de ses camarades étaient tombés dès le début de la guerre. Ainsi que deux autres parmi ceux enrôlés plus tard. Quatre morts au village. Les épouses ou les mères avaient été informées par courrier. Le curé avait parlé des morts dans son prêche. Lorenz avait dit à sa mère qu'on s'attendait cette fois à ce qu'elle vienne à l'église, où elle ne s'était pas montrée pour les premiers morts. Maria et les enfants s'assirent sur un banc au fond, tous ensemble du côté réservé aux femmes, Heinrich, Lorenz et Walter aussi. Elle avait rangé la lettre de Josef dans le beau sac qu'il lui avait offert, celui avec les coquillages cousus sur les bords et le fermoir en nacre. Comme si la lettre était une garantie de survie. Elle ne contenait pas un seul mot tendre. Mais Maria savait comment elle devait prendre ça.

Que savait Maria de son beau soldat ? Rien. Que savait-elle de la guerre ? Presque rien. Si ce n'est que les femmes à la maison s'angoissaient. On s'était attendu à ce que les hommes soient de retour à l'automne. Deux étaient morts dès le début de septembre, et puis deux encore avant novembre. Quand Maria pensait à son mari, son besoin de propreté était la première chose qui lui venait à l'esprit. Il serait malheureux dans la saleté. À la guerre, on ne pouvait pas se faire couler de l'eau sur la tête tous les jours, c'était clair. Toujours la même chemise, et sûrement pas blanche. Raide comme de la toile émeri. Pouvait-il se laver les dents ? Un homme comme son mari, une personne aussi propre, était-il raillé pour sa manie de la propreté ? Elle ne pouvait pas imaginer Josef raillé. Se frottait-il encore les dents avec du sel, même au front ? Et ses collègues, à quoi ressemblaient-ils, est-ce qu'ils puaient ? Pas de sous-vêtements propres. Pas un morceau de ce bon savon qui sentait le citron et qu'on ne pouvait se procurer que par l'intermédiaire du maire. Mais elle ne voulait pas parler du maire dans ses pensées. Il avait déboutonné son corsage, onze boutons, pour atteindre sa poitrine, et ce faisant il lui laissait imaginer ce qui se passerait si Josef apprenait l'existence de l'homme de Hanovre. Maria avait fermé les yeux et patienté. Il avait posé une main sur chacun de ses seins. Puis il avait plongé la main dans la ceinture de sa robe, sans aller très loin parce qu'elle avait cligné des yeux. Ça avait suffi. Un clignement d'yeux et le maire avait pris peur, il avait vite ramassé ses mains derrière son dos. Tout ce qu'il va falloir encore que j'endure, se disait Maria, pour que ses présents continuent à nous faciliter la vie et qu'il tienne sa langue.

Mais c'est terminé, la suite de l'histoire nous l'apprend. Josef se mettra au lit avec elle sans un mot, elle s'assiéra sur lui et attendra qu'il ait fini. Elle restera avec Josef, le père de ses enfants, jusqu'à ce qu'elle meure, mais ce qu'elle ne sait pas encore, c'est qu'il n'y en a plus pour longtemps.

Il n'était pas au front. Il était dans les montagnes. Ses combats avaient lieu dans les montagnes. Là-bas, en Italie, ils s'étaient creusé des grottes. Ils habitaient dans la montagne comme dans des maisons. Il y avait là des tables, des bancs, des lits rudimentaires, des rideaux quand on voulait s'isoler. Il y avait des courants d'air.

Les grottes étaient comme des cheminées. Et presque toujours du bruit. Et puis les propos cochons, ça lui tapait sur les nerfs, Josef ne participait pas à ce genre de conversations, il ne l'avait jamais fait, chez lui non plus.

Il avait gagné de l'argent, « au front », dans les montagnes. Il ne dit pas avec quoi ni comment. Il posa un paquet de billets de banque devant Maria sur la table de la cuisine. Enroulé dans un caleçon.

Il demanda de l'eau chaude et du savon, ensuite seulement il irait au lit avec sa femme. Maria étala une serviette de toilette sur le sol de la cuisine, il se mit dessus. Il se récura d'abord avec de l'eau très chaude, Maria lui frotta le dos, puis il se coupa les ongles des pieds et des mains et les lima, ensuite il se rasa, remit encore de la mousse et se rasa une seconde fois. Il s'était fait couper les cheveux, exprès pour sa permission, une chose au moins qui fonctionnait au front. Celle-là et deux ou trois autres. D'un coup Josef s'était mis à parler. Mais ça ne dura pas longtemps. Comme si on avait ouvert un robinet et qu'on l'ait aussitôt refermé. Il mit la serviette sur ses épaules, courut tout nu et sans chaussures à la fontaine en bas et s'assit dans le bassin en béton, il avait neigé pour la Toussaint, et à certains endroits la neige était restée. Le froid ne l'avait jamais dérangé.

Au lit, près de sa femme, Josef eut du mal à ne pas penser aux hommes, les deux du village qui s'étaient fait tuer, il venait de l'apprendre à son tour, de la bouche de Maria, et pour les deux autres aussi. Ils n'étaient pas ensemble, les gars du village et lui. On en emmenait un là, l'autre ailleurs, vingt-quatre heures après avoir quitté la maison ils étaient déjà séparés. Les chapeaux avaient survécu aux têtes. Quatre morts déjà.

Son corps était froid. Comme s'il n'y avait plus aucune chaleur au fond de lui, comme si même le sang dans son cœur était froid. Lui était toujours là, il devait avoir mauvaise conscience. Dit-il. Sur la guerre il n'en dit guère plus.

« Et tu as mauvaise conscience ? demanda-t-elle.

– Si ça n'avait tenu qu'à moi, il n'y aurait pas eu la guerre », dit-il. Mais il savait que tout le monde au village attendait de lui qu'il ait mauvaise conscience.

« Comment le sais-tu ? » demanda-t-elle. Elle, en tout cas, n'avait jamais rien entendu qui aille dans ce sens.

On en avait discuté au front, répondit-il. Puis il ajouta : « Il n'est pas dit que je survive. Tu as raison. Je n'ai pas besoin d'avoir mauvaise conscience tant que les comptes ne sont pas soldés. »

Elle préféra ne rien ajouter.

« Pourquoi est-ce qu'on dit "au front" ? » demanda-t-elle sans savoir elle-même pourquoi elle posait cette question, qui ne l'intéressait pas du tout.

« C'est ceux d'en haut qui ont inventé ça », dit-il. On disait aussi « tomber », comme si la mort là-bas n'était qu'une simple chute. Lui en tout cas n'avait jamais vu quelqu'un *tomber*. Il en aurait eu long à dire sur la façon dont on meurt là-bas. Rien à voir avec une simple chute.

Comment pouvait-on penser une connerie pareille ! À nouveau, ce fut comme si on avait ouvert un robinet. D'abord debout, et puis on tombe. Quelle connerie. La plupart du temps, on est en position couchée quand ça tire, et si on se prend une balle, eh ben on reste couché. Mais le robinet était déjà refermé. Maria n'était pas habituée à de telles salves de paroles de la part de son mari. Ça l'inquiéta. Pour elle, c'était signe qu'il avait changé. Elle se demandait avec angoisse à quels autres changements il fallait s'attendre.

C'est la mauvaise conscience qui fait que son corps est aussi froid, se dit-elle. Elle se colla contre lui, lui frotta le dos, il avait les fesses pressées contre son ventre.

« Je n'arrive pas à te réchauffer, dit-elle.

– Je n'ai pas froid », dit-il.

Quand on avait vu cette folie. Quand on avait vu un hôpital de campagne. Tout le monde voulait y aller, à l'hôpital. Parce que tout le monde pense qu'il y aura là des lits avec des draps propres. Et une baignoire. Une baignoire ! Et du savon parfumé. Du savon parfumé ! Mais quand on y est, on préférerait retourner au front. Même dans leurs grottes pleines de courants d'air, c'était carrément le confort en comparaison. Quand on a senti la puanteur d'un hôpital de campagne. Quand on a vu les bras, et les jambes. Qui traînent partout. Comme si on les avait oubliés. Laissé traîner, carrément. Sans parler des autres choses qui traînent.

« Qu'est-ce qui traîne ? demanda-t-elle.
– Tu n'as pas envie de savoir, dit-il.
– Alors on n'est pas obligés d'en parler, dit-elle.
– Non, il vaut mieux pas », dit-il.

Ils se turent. Comme s'ils n'avaient pas d'autre sujet de conversation possible. Il n'avait même pas demandé après les enfants. À bien y réfléchir, il ne les avait même pas regardés.

« Les enfants vont bien », dit-elle. Comme s'il avait posé la question.

« Oui », dit-il.

Lorenz lui avait tendu la main comme à un étranger. Heinrich avait imité Lorenz. Seuls Walter et Katharina s'étaient précipités dans les bras de leur père. Katharina voulut jouer tout de suite avec lui au jeu du fil, elle noua une ficelle, la tendit entre ses doigts et lui dit de la retirer. Maria lui montra comment faire, et il le fit. Il avait encore son havresac sur le dos et n'avait même pas mis le pied dans la maison.

« Les membres amputés, dit-il.
– Il vaut mieux pas », dit-elle.

Mais il continua à parler, il était encore froid, seules ses mains se réchauffaient peu à peu, il les avait glissées entre les cuisses de Maria et caressait les poils de son pubis.

« Les blessés… un soir ils ont chanté une chanson ensemble… imagine-toi… il leur manquait à tous quelque chose… l'un d'eux c'était la moitié de la mâchoire… qu'il ait encore été capable de chanter… » Alors il avait voulu retourner au front.

« Mais pourquoi diable étais-tu à l'hôpital ? demanda-t-elle. Tu n'avais pas été blessé ? »

Il avait de la fièvre. Sa dent gâtée. Au front tout s'envenime à la vitesse grand V. On voyait des gens mourir d'une égratignure. Une mort ignominieuse. Si on ne faisait rien, on mourait en moins de temps qu'il n'en faut pour le dire. Mourir au front d'une rage de dents, c'était la honte. La nouvelle se serait répandue jusqu'au village.

« Ta dent est partie ? demanda-t-elle.

– Oui, dit-il, je te montrerai demain.

– Elle était plutôt sur le devant ?

– Non, tout au fond.

– Ils savent faire ça, dans un hôpital de campagne ?

– Ils sont les meilleurs », dit-il. Absolument : ils étaient les meilleurs. Là où il était se trouvaient forcément les meilleurs. Les meilleurs soldats, les meilleurs coiffeurs, les meilleurs arracheurs de dents. Ils étaient l'infanterie de montagne. Il n'y avait pas mieux. Même l'empereur le disait.

« On parlera de nous encore longtemps », dit-il.

Puis il s'endormit. Au milieu d'un mot. Maria le suivit de peu. Dans la nuit, ils se réveillèrent en même temps. Et ce fut entre eux comme s'il n'y avait pas la guerre. Comme s'il n'y avait pas l'homme de Hanovre.

Maria dit que ça n'avait jamais été aussi bien. Il dit que pour lui aussi. Au matin ils refirent l'amour.

« Combien de temps peux-tu rester ? demanda Maria.

– Quatre jours, dit-il. Peut-être moins. » Puis il dit : « C'est bizarre que tu n'aies pas posé la question avant.

– C'est bizarre que tu ne l'aies pas dit avant », répliqua-t-elle.

Ils tombèrent d'accord pour dire que c'était parce qu'ils s'aimaient tant, ils en avaient oublié la guerre. Mais ce n'était pas ça, ni pour elle, ni pour lui. Quand il riait, elle voyait le trou de la dent manquante. Ça lui donnait un air crâne. Qui lui plaisait. La guerre avait rendu son Josef encore plus joli garçon. Tu imagines !

Mais voilà que le maire, Gottlieb, vint les voir. Il salua Josef en lui tapant si fort sur l'épaule que Maria vit la colère dans les yeux de son mari, et elle eut peur qu'il se passe tout à coup une chose qu'elle n'aurait pas crue possible avant que Josef parte à la guerre. Il était soupe au lait, elle le savait, mais jusque-là il n'avait jamais cogné. Peut-être qu'il avait appris au front. Mais rien ne se passa. Certes, les troupes italiennes avaient subi des pertes, racontait le maire, mais Dieu avait voulu, hélas, qu'elles soient supérieures en nombre.

« Dieu, voilà une bonne question », dit-il. Mais la discussion n'alla pas plus loin.

Puis Maria vit par la fenêtre son mari qui parlait avec

le maire. Ils parlent de moi, pensa-t-elle. Josef tendit au maire un paquet enveloppé. Sans doute encore des billets de banque, pensa-t-elle. Mais pas enveloppés dans un caleçon, cette fois. Avoir un mari qui même à la guerre réussissait à faire des petites affaires, elle pouvait être fière. Elle se rappela ce que son beau-frère lui avait dit un jour : il se demandait pourquoi Josef n'avait pas mieux réussi. Il portait son costume du dimanche, elle venait juste de le remarquer. Elle rit intérieurement : s'il a mis son costume du dimanche, c'est parce qu'on a si bien fait l'amour cette nuit et ce matin. Et maintenant il se renseigne auprès du maire pour savoir si sa femme a été fidèle. Supposons que le maire parle du visiteur de Hanovre et mente en disant qu'il a trouvé l'homme dans la maison, oui, dans la maison, si tôt le matin qu'on était obligé de se demander s'il n'y avait pas passé la nuit, supposons que le maire dise ça, alors... Josef n'était pas venu en permission avec une arme, mais si ça se trouve il avait tué pas mal d'Italiens dans les montagnes.

Le maire fourra le paquet dans sa poche sans le regarder. Maria eut l'impression que ce paquet contenait ce qu'elle valait. Son prix. La somme à verser si elle était restituée intacte. Elle était dégoûtée et fière en même temps.

Personne dans la famille ne voulait que le père effectue la moindre tâche, il était là pour se reposer. Josef fit ce qu'il faisait avant la guerre. Il alla à l'étable. Il félicita Heinrich. Heinrich travailla à son côté. Il félicita aussi

Lorenz. Le petit Walter accourut à l'étable et son père le hissa sur la plus belle des deux vaches. Tout ça en costume du dimanche. Maria devrait passer une journée entière à le brosser et trois jours à l'aérer.

« Vous avez aussi des vaches à la guerre ? demanda Walter.

– Des chevaux », dit Lorenz, et le père acquiesça.

Le maire revint, il s'assit avec Josef. D'après ce qu'entendit Maria, il fut question de leurs petites affaires. Quand ils avaient parlé dehors, devant la porte, c'était peut-être aussi de leurs petites affaires, et pas du tout d'elle. Le maire sentait le schnaps. Maria leur servit à tous deux les victuailles données par le maire. Moût, lard, fromage. Puis elle alla dans la chambre et faufila une nouvelle chemise en flanelle. Josef la porterait sous ses rudes habits militaires. Et contre le froid dans les montagnes. Ça lui ferait du bien. Il pourrait repenser aux moments où il s'était réchauffé les mains entre ses cuisses. Il était son mari, après tout.

La cuisine était la seule pièce où il faisait chaud. Le matin on voyait des fleurs de givre sur les vitres, il fallait gratter si on voulait regarder le monde au-dehors.

Josef repartit à la guerre. Au bout de trois jours, il lui fallut déjà retourner au front. On vous promet quatre jours et on vous en accorde trois. Il neigeait. Maria le vit descendre le chemin en direction du village. Comme s'il allait marcher ainsi jusqu'en Italie. Sur son dos, le havresac gris qui n'était pas à lui, mais à l'empereur.

Ma tante Kathe m'a raconté que son père avait désappris les mamours à la guerre. Les mamours en public n'avaient jamais été son fort, et « en public », pour lui ça commençait devant la maison. Même s'il n'y avait pas âme qui vive à l'horizon. Lorsque quelqu'un montait le chemin, on le voyait déjà un quart d'heure avant d'entendre sa voix ou qu'il puisse entendre une voix venant d'en haut. Et pourtant, dès que son père franchissait le seuil c'en était fini des baisers, des caresses et des câlins, devant la porte on était déjà « en public ». Après son retour de la guerre, il ne fit plus de mamours non plus dans la maison. Elle, Katharina, avait voulu le serrer dans ses bras et l'embrasser, il avait détourné la tête et l'avait repoussée à deux mains. Elle ne savait naturellement pas ce qui se passait entre papa et maman dans la chambre à coucher. Mais le rejet de son père lui avait fait mal, m'a-t-elle dit. Entre elle et lui, ce n'était plus jamais redevenu comme avant la guerre.

« Pour dire les choses brutalement, j'ai perdu mon papa à la guerre. Avant la guerre je lui disais "papa", après la guerre je disais "père".

– Et alors ? ai-je demandé. Qu'est-ce qu'il en a dit ? De n'être plus appelé "papa", mais "père", du jour au lendemain ?

– Oui, c'est vrai, a-t-elle dit. J'avais oublié. C'est vrai, il a dit quelque chose. Maintenant que tu me poses la question, je le vois devant moi. Et je réentends ce qu'il m'a dit. C'est tout de même intéressant, la mémoire.

– Et il a dit quoi ? ai-je redemandé.

– Il a dit. Il a dit. Dis donc, tu es devenue une petite personne bien froide. C'est ce qu'il y a de curieux dans l'histoire. Avant la guerre il n'aurait jamais dit ça. Pas de cette façon.

– Tu n'es pas une petite personne froide, tante Kathe, ai-je dit.

– Si. »

Alors qu'elle n'était déjà plus toute jeune, ma tante Kathe a eu un prétendant, mais qui ne lui plaisait pas, il venait d'une famille d'ouvriers et se vantait d'avoir envoyé son père sous la table à coups de poing à l'âge de quatorze ans, jusque-là c'était l'inverse. Il avait la nationalité luxembourgeoise. Ce qui signifiait pour lui qu'il pouvait à peu près tout se permettre. Ma tante détestait la violence. Le prétendant ne la lâchait pas, il menaçait de la tuer si elle ne l'épousait pas. Kathe le crut et devint sa femme. Elle se disait, aucun homme ne voudra de moi avec le physique que j'ai, alors autant prendre celui-là. L'homme était inoffensif, mais seulement avec elle, avec ses fils il était sévère et cruel. Sa fille ne l'intéressait pas. Quand l'un de ses fils perdit sa montre au gymnase, il alla chercher la courroie dans le placard de la cuisine, le frappa et le laissa presque mort. Ce fils avait un ami avec lequel il aimait jouer aux cartes. Il me plaisait beaucoup parce qu'il avait dit être sûr à cent pour cent que je deviendrais quelqu'un de pas ordinaire. Je voulais jouer aux cartes avec eux, et ils me le permettaient, mais si je me plantais, si je faisais un impair, je devais aller sous la table. Le mari de tante Kathe n'avait que la peau sur les os. Il ne mangeait rien, buvait dix bières tous les soirs. Il m'envoyait au bureau de tabac lui acheter des Dreier, c'étaient des cigarettes sans filtre dans un emballage en carton. Fais attention à la boîte, disait-il, si tu la secoues le tabac va tomber, et tu verras ce qui t'attend. Je secouais la boîte et je n'ai rien vu. Mes deux sœurs et moi habitions chez tante Kathe après la mort de notre mère. Elle nous avait accueillies dans son appartement de trois pièces, dans le lotissement des Sud-Tyroliens où vivaient les pauvres. Nous partagions le peu d'air avec elle, ses trois enfants, son mari, ses deux frères Walter et Sepp, et un de ses neveux. Chaque matin, elle nous montrait des exercices de gymnastique devant la fenêtre ouverte, même au plus fort de l'hiver, nous devions les refaire après elle. Je me débrouillais très bien mais personne ne me félicitait. Elle nous cousait des manchettes que j'enlevais aussitôt et fourrais dans mon cartable. Elle essayait d'être équitable. Nous avions peur de son colérique de mari, mais il ne nous prêtait aucune attention. Il écoutait les informations toutes les heures, et si un de ses fils disait un mot, il lui hurlait dessus et lui tapait sur les doigts avec sa fourchette. Ma tante hébergeait aussi deux de ses frères qui avaient quitté leurs femmes, Walter et Sepp. Elle cuisinait mieux que tous les grands chefs. Elle disait qu'elle n'arrivait pas à me cerner, que c'était un problème et resterait un problème toute ma vie. Ma petite sœur n'avait que quatre ans et la nuit elle faisait pipi au lit si on ne l'emmenait pas aux toilettes. Mais le mari de notre tante l'avait interdit. Assises près de son lit ma sœur aînée et moi, nous la conjurions de faire dans le bidon à lait, mais la petite ne voulait pas. Le soir, ma tante déposait toutes les chaussures devant la porte d'entrée. Je les cirais, assise sur le paillasson, j'aimais faire ça parce que le succès était garanti.

Quand elle fut exposée dans son cercueil parmi les fleurs d'hibiscus, tante Kathe ressemblait à une vieille Indienne.

Le maire ne doutait pas de lui-même. Depuis qu'il était maire, il se frottait les mains chaque jour avec un mélange de savon en poudre et de sable, curait la saleté sous ses ongles avec son couteau de poche, se rasait dès le matin et se mettait de l'eau de Cologne. Il se disait politicien, et un maire était sans conteste un politicien, il devait prendre la décision adéquate, même si parfois elle n'était pas « bonne » au sens du catéchisme. La nature n'est pas bonne, inutile d'être grand clerc, il suffit de regarder, mais elle est toujours adéquate. Quand il était couché près de sa femme, qu'il honorait dans les règles, il pensait à Maria, comment ce serait si elle était couchée nue à côté de lui. Il avait vu Maria nue. Quand il l'avait portée à la fontaine, tenue sous l'eau et ramenée à la maison dans ses bras. Il estimait tout à son honneur de n'avoir pas profité de sa détresse. De n'avoir même pas songé à en profiter. Mais si ça se trouve, songeait-il, Maria avait justement envie d'un fonceur, un type qui profite d'une situation pareille. Et si ce Ludrian de Hanovre était justement ce genre de type ? Il les voyait tous les deux dans la chambre. Couche-toi, dit l'homme. Et la femme se couche. Défais-toi, dit l'homme. Et la femme se défait. Écarte, dit l'homme. Et si c'était la première fois dans sa vie qu'un homme se comportait ainsi avec elle ? D'où son ébriété quand il était reparti. Parce qu'elle craignait que ça ne lui arrive plus jamais ?

Pendant la permission de Josef, le maire avait réussi à le convaincre de la moralité de sa femme. La fois où ils étaient seuls tous les deux devant la porte, Josef n'avait dit qu'un mot : « Alors ? »

Le maire avait fait comme si la question portait sur ses largesses, comme s'il ne lui venait même pas à l'idée qu'il puisse s'agir d'autre chose. « Nous avons plus qu'il nous en faut, avait-il répondu. Tous les deux jours, j'ai apporté quelque chose pour elle et les enfants. C'est de bon cœur, et ma femme aussi. Pas besoin de remercier. »

Personne ne le remerciait.

« Alors ? » répéta Josef.

Le maire prit un air inspiré comme s'il venait seulement de piger le sens de la question et dit avec un sourire entendu : « Personne ne se frotte à moi. Chacun sait que c'est *à moi* qu'il aurait affaire si d'aventure... Et chacun sait ce que ça veut dire. »

Josef n'était toujours pas satisfait. Aussi ajouta-t-il un deuxième mot après le premier : « Alors, elle ? »

Le maire poursuivit son petit jeu. « Alors, elle ? Qu'est-ce que tu veux dire par là ?

– Elle ! répéta Josef du ton sec et impérieux qu'il savait désormais prendre.

– Tu veux dire Maria ! s'exclama le maire. Si Maria... ? De son côté... ? » Il jouait si bien la comédie qu'il s'indigna pour de bon : « Mais quel homme es-tu devenu au front, Josef ? Bonté divine ! Voilà donc ce que la guerre fait des gens ? As-tu oublié qui est ta femme, Josef ? En tout temps j'aurais pu te le dire, et d'ailleurs je te l'ai dit avant ton départ : on n'a pas besoin de moi pour la surveiller. La protéger, peut-être, mais pas la surveiller. Personne ne doit surveiller Maria. Sauf si quelqu'un croit pouvoir jouer un sale tour. Là, oui, on a besoin de moi. Mais personne n'y songe. Personne n'a envie de se frotter à moi. Tu peux avoir confiance en Maria à cent pour cent. En serait-on arrivé au point où je connais mieux ta femme que toi ? Josef ? »

Josef hocha la tête, rassuré. Il ne poserait plus de questions lors des permissions suivantes. Si permissions il y avait. Peut-être n'y en aurait-il plus. Quelle qu'en soit la raison. Le froid, la neige et les avalanches sont des ennemis plus redoutables que les bouffeurs de marrons romands. Et puis la balle d'un lâche peut aussi vous faucher, même par hasard.

Une fois seul avec Maria, le maire l'avait félicitée. Sur sa façon de tenir sa famille, d'élever ses enfants, de garder sa maison propre. Et elle aussi. Il avait passé le doigt sur les bords de la table, le lui avait brandi sous le nez en s'exclamant : « Rien ! Pas le plus petit grain de poussière ! » Elle avait souri. Il ne connaissait pas de femme qui ait un aussi beau sourire. Et surtout il ne connaissait pas de femme qui ait une aussi belle façon d'être assise. Et pourtant, même si on voyait tout quand elle était assise, ses seins fermes en particulier, bien visibles parce qu'elle se tenait très droite, le dos cambré, ses hanches rondes parce qu'elles étaient encore plus rondes en position assise, la ligne pure de son cou, un cou très long parce qu'elle tenait la tête haute – malgré tout ça, même s'il y avait de quoi rendre un homme fou et lui faire baisser sa garde, elle l'émouvait, et il se disait : je préfère la laisser tranquille. Assise, elle l'émouvait plus qu'il ne la désirait. Cette cuisine, tout y était petit, étriqué et pourtant soigné dans le moindre détail, presque léché, cette femme ne supportait rien de laid autour d'elle. Oui, le maire en arrivait à penser carrément : comment Dieu a-t-il pu créer une chose pareille ! Et il soupçonnait que le bon Dieu ne l'avait pas faite pour qu'il s'y attaque. Maria ne pouvait avoir atterri dans ce village que par erreur. Le maire était allé une fois dans sa vie à Vienne, la lointaine capitale – c'est là-bas que Maria aurait été à sa place. Quand elle se levait de sa chaise et se remettait à aller et venir dans la cuisine, ces pieuses cogitations étaient oubliées et il n'avait plus d'yeux que pour ses fesses, leur façon de remuer, une minuscule secousse à chaque pas qu'elle faisait.

Josef retourna à la guerre, et le matin même le maire était devant la porte. Il était monté malgré les giboulées de neige fondue et le vent violent. Les enfants étaient à l'école. Il ôta ses souliers à clous, marcha en chaussettes jusqu'à la cuisine, mit sur le feu le café qu'il avait apporté à Maria, du café pur en grains, ils mangèrent du gâteau préparé par sa femme.

« Je suis votre bienfaiteur, dit-il. Je l'ai promis à Josef. Et je tiens mes promesses. Mais enfin ! Aucun homme n'est inoffensif par les temps qui courent, pas un seul, je te le dis, ni moi, ni ton Josef non plus, ton Josef est un brave homme, Maria, je te le dis, mais il n'est pas un homme inoffensif, si j'étais un salaud je pourrais le dénoncer sur-le-champ, il serait sûrement traduit devant une cour martiale et fusillé, mais qui fait ça, Maria, je pose la question, qui fait ça, moi je ne le fais pas, je suis votre bienfaiteur. »

Le maire avait parlé d'une traite, sans accentuer le moindre petit mot, pas même le mot « fusillé », il avait juste mis un point à la fin de sa tirade. Maria lui embrassa la main.

« Je ne veux pas, dit-il. Ça vient du cœur après tout, ce que je t'apporte. À toi et aux enfants. C'est spontané. Ce n'est pas convenu avec Josef. Ça sort tout droit de mon cœur. Un baiser de convenance ne convient pas.

– Je ne connais pas ce mot, dit-elle et elle se leva, ce qui était censé être un signal.

– Je t'expliquerai une autre fois, dit-il en s'avançant tout près elle.

– Je ne veux pas », dit-elle.

Il lui releva les manches et appliqua le dos de ses mains sous ses aisselles nues, tira sur son corsage pour atteindre ses seins. Mais les emmanchures étaient trop étroites, il jurait et tirait. Elle se débattait. Il l'attira vers lui. Elle devait faire attention de ne pas tomber. C'était exactement ce qu'il voulait, craignait-elle. Il se jetterait aussitôt sur elle. Il enfonça son genou entre ses jambes et retroussa sa jupe. Elle était prisonnière, il la tenait fermement par les aisselles. Elle se débattait toujours, paniqua, l'atteignit au cou. Enfin libre, elle chercha à reprendre son souffle.

Il lui présenta ses excuses. Si elle le laissait faire une fois, une seule fois, il ne lui courrait plus jamais après de toute sa vie. Il le jurait. Par les temps qui couraient, on s'en fichait pas mal qu'elle le laisse faire une fois, tout le monde s'en fichait. Par les temps qui courent, personne au ciel ne va lorgner un petit village au fin fond d'une vallée du bout du monde. Qu'elle songe seulement à tout ce que Josef se permettait dans ses montagnes italiennes. Là-bas, dans les montagnes, on leur amenait des putains par camions. Des putains venues de partout, jusque d'Afrique. Les femmes noires, un gars d'ici était bien incapable d'y résister. À la guerre tout est permis. Tout le monde sait ça. Josef ne lui en tiendrait pas rigueur. Même s'il savait. Mais il ne le saura pas. Jamais. Il voulait juste une fois ! Une seule petite fois ! Après la guerre tout serait différent. Ce serait nul et non avenu. Le moindre troufion serait content si les bêtises qu'il a commises pendant la guerre étaient nulles et non avenues une fois la guerre finie.

« Je voudrais juste ce que tu as accordé au gars de Hanovre, Maria. Pas davantage. Juste une fois, Maria ! Une fois ! »

Elle se dégagea, courut dans la chambre et bloqua la poignée de la porte avec le dossier d'une chaise. Il n'y avait pas de clés dans la maison des Fâcheux. Il tambourina à la porte. Puis finit par décamper.

Quand les enfants rentrèrent de l'école et qu'ils eurent mangé tous ensemble, Maria envoya Katharina, Hermann et Walter dehors, leur confia à chacun une tâche, à l'étable, dans la grange, auprès des vaches, des chèvres. Elle emmena Lorenz dans la chambre, referma la porte derrière elle.

« Lorenz, dit-elle, il faut que tu me protèges. Il veut

obtenir quelque chose de moi. Ne me demande pas ce qu'il veut. Tu le sais. »

Elle n'eut pas besoin non plus de dire de qui elle parlait. Ils étaient assis sur le lit face à face, la mère et le fils. Lorenz respira très fort. Son menton se crispa. C'était visible même dans la faible clarté venant de la minuscule fenêtre. Au bout d'un moment, Maria dit : Voilà comment je vois les choses. Quand il viendrait, il fallait que les enfants restent tous assis dans la cuisine et attendent qu'il reparte, même s'il devait rester toute la nuit. Lorenz serait assis à la place du maire et ne se lèverait pas, même si le maire lui disait de le faire.

« Et si on est à l'école ? demanda Lorenz.

– Et si tu n'allais pas à l'école pendant quelque temps ? demanda Maria.

– Je peux m'arranger, dit Lorenz. J'étudierai à la maison.

– Je pourrai t'aider », dit Maria.

Le soir, comme ils étaient de nouveau assis tous ensemble autour de la table, Heinrich, Katharina, Lorenz et Walter, elle dit : « Lorenz a quelque chose à vous dire. »

Lorenz répéta à ses frères et sœur tout ce que sa mère lui avait raconté, sans rien enjoliver, rien minimiser ni rien exagérer non plus.

Katharina dit : « Je vais descendre et le dire à sa femme, elle m'aime bien. »

Lorenz dit : « Elle ne t'aimera plus du tout si tu fais ça. »

Heinrich se contenta de baisser la tête. Les yeux de Walter allaient de l'un à l'autre et il enregistrait tout. Le chien et le chat faisaient comme s'ils avaient tout compris eux aussi.

Première question : où et quand s'arrête la famille des Fâcheux ? En fais-je encore partie ? Mes enfants en font-ils encore partie ? Mon mari en fait-il partie ? Deuxième question : la gaieté et les rires, chez les Fâcheux ?

Jeune, ma grand-mère était drôle et pétulante, sur la piste de danse avant son mariage elle s'en donnait, comme on dit, mais ce n'est arrivé que deux ou trois fois. On en parlait souvent et volontiers. Au village, et aussi en famille. Elle aimait chanter et chantait plutôt bien, même si sa sœur chantait mieux. Chaque fois qu'elles chantaient ensemble, c'était une joie. Elles chantaient à deux voix. Parfois une amie était là et elles chantaient à trois voix. N'importe qui aurait eu son instant de piété face à une telle splendeur. Le mari de la sœur de Maria était un homme du monde, comme ils disaient, il avait vécu un an à Berlin et il était intarissable sur cette ville célèbre dans le monde entier. Il jouait de l'accordéon et il aimait bien quand les sœurs chantaient en même temps, il disait sans plaisanter qu'elles auraient eu leurs chances à Berlin. Il avait rapporté de la ville une chanson qui s'appelait *Püppchen, du bist mein Augenstern*[1].

Et Josef ? Quand il jouait avec les enfants et enfilait ses mains dans les marionnettes, Guignol à droite, le crocodile à gauche, c'était drôle. Les enfants riaient, Maria riait. C'est elle qui avait cousu, et bien cousu, les marionnettes. Elle faisait aussi des chemises, et avait déjà cousu pour de l'argent. Josef déformait sa voix, il était tantôt Guignol, tantôt le féroce crocodile, tantôt le simple papa, juste un papa.

Quant à moi, je ne me rappelle avoir ri aux éclats qu'avec mon second mari, j'en avais mal au ventre, je riais aux larmes quand il déformait sa voix pour imiter des gens.

Et mon oncle Lorenz ? Riait-il ? Riait-il de bon cœur ? Je me souviens de ses grosses lunettes, des lunettes très lourdes, avec des verres épais, une monture marron foncé, je suppose que c'était une monture payée par l'assurance maladie, ou alors de fabrication russe, on aurait pu l'utiliser carrément comme presse-papiers. Il était celui qui se met toujours au centre. Il y avait du soldat en lui et en même temps il se moquait de tous les uniformes, y compris celui du facteur. Quand il nous rendait visite, mon père se levait, il se levait de son fauteuil, péniblement à cause de sa jambe artificielle, et il le saluait en disant : « Voilà l'ennemi ! » Je leur apportais

1. *Poupette, tu es la prunelle de mes yeux* (N.d.T.).

l'échiquier, disposais les pièces, cachais derrière mon dos un pion blanc dans une main, un noir dans l'autre et demandais à mon oncle de choisir. Les blancs commencent. Alors je faisais du thé et je les servais. J'ajoutais une friandise. Ils n'y touchaient pas. Jamais. Oncle Lorenz mettait beaucoup de carrés de sucre dans sa tasse, qui fondaient mal. Il buvait son thé d'une traite. Le sucre restait au fond. Ils jouaient, deux, trois heures, ne parlaient pas beaucoup, puis oncle Lorenz prenait congé. « L'ennemi s'en va ! » s'écriait mon père. Ils s'aimaient vraiment bien tous les deux.

Je savais qu'oncle Lorenz avait déserté en Russie pendant la Seconde Guerre mondiale, qu'il avait rejoint l'Armée rouge, avait eu une femme russe et un enfant. Je m'étais toujours imaginé que ça devait se voir sur lui d'une façon ou d'une autre, cette vie d'aventurier, qu'il devait avoir l'air intrépide. Mais non. Il était comme étaient les hommes de ce temps-là. Mon père m'a raconté qu'il était assez prétentieux et trouvait la plupart des gens bêtes comme leurs pieds. Un autre point sur lequel ils étaient d'accord. Il n'existe pas même une photo de la femme russe. De leur enfant non plus. Deux des fils qu'il a eus ici sont devenus cambrioleurs et l'un d'eux a fini par se pendre. Je me rappelle bien les jumeaux. Ils étaient chez nous pendant les vacances d'été, deux gamins filous, l'un costaud, l'autre chétif. Tous les deux à mes basques. Mon père disait toujours que, dans des circonstances plus favorables, Lorenz serait devenu un homme important. Tous deux s'intéressaient essentiellement aux livres et aux idées. Les femmes leur plaisaient quand elles étaient intelligentes et à leur niveau. Mon père aimait les femmes qui faisaient une tête de moins que lui.

Mon fils Lorenz est le contraire de mon oncle. Il est peintre. Il aime peindre des animaux. Jamais il ne tirerait sur un animal. Une fois, il a pris le métro avec un grand seau de peinture acrylique qui s'est renversé, entièrement. Il a haussé les épaules. Plusieurs voyageurs avaient des éclaboussures sur leurs vêtements. Il a dit : « Il faut rincer tout de suite », et c'est tout. Personne ne s'est énervé. Même s'il veut à tout prix ne pas être le genre d'homme qu'était mon oncle, celui-ci se serait comporté de la même façon. Il ne se serait pas excusé. « Quand on s'excuse, c'est qu'on est coupable », une formule que mon oncle Lorenz prononçait souvent, hors contexte, parfois en guise de « Bonjour » ou de « Bonsoir ». Dans son atelier, mon fils s'agenouille devant la toile comme pour la supplier. Ou alors il prend un pinceau, l'attache à une perche, et il marche pieds nus sur la toile étalée par terre. Il dit : « Le mieux est de ne penser à rien du tout, alors quelque chose se passe. » Enfant, il n'était jamais malade. Quand je faisais à manger, il jouait dans la cuisine, s'accroupissait dans le petit espace entre le placard de cuisine et le lave-vaisselle, construisait des tours avec les tubes de médicaments. Mon oncle Lorenz non plus n'était jamais malade, jamais de toute sa vie.

Mon oncle Heinrich est celui que j'ai le moins connu. Si je rassemblais tout ce qu'il a pu me dire au fil du temps, ça ne remplirait pas une feuille. Enfant il aurait aimé avoir un cheval. Il avait plus de quarante ans quand il a pu s'en offrir un. Il a acheté un Norique d'une couleur rare : *léopard*. Il avait vu cette jument à une vente aux enchères et s'en était aussitôt entiché. Un animal très grand, très large, avec des touffes de poils au-dessus des sabots. Oncle Heinrich me l'a montré une fois. Je comprenais très bien qu'il aime ce cheval. Il avait déboursé beaucoup d'argent pour l'avoir. Il trouvait que la robe blanche avec des taches noires était d'une beauté rare. Moi aussi. Heinrich fut un enfant et un adolescent raisonnable, il ne s'intéressait qu'à l'exploitation agricole. Ses parents et ses frères et sœurs n'avaient guère d'estime pour lui, si ce n'est pour sa force de travail. Comme s'il avait été un tracteur. Il ne venait pas aux réunions de famille. Et on ne parlait pas de lui. Non pas qu'il y eût un secret. Mais parce qu'il n'y en avait aucun. Il se sentait plus d'affinités avec les bêtes qu'avec les gens. Il en avait toujours été ainsi. Après la mort des parents, il n'a pas tardé à partir. Il était l'aîné et avait déjà dix-neuf ans, la maison des parents au fin fond de la vallée fut vendue aux enchères, il chercha du travail dans une usine. Là, il rencontra une femme. Elle était encore plus insignifiante que lui, elle lui donna la certitude qu'il valait mieux qu'elle. C'était important pour lui, même s'il ne le montrait pas. Mais ce ne sont là que des suppositions. Les suppositions de ma tante Kathe. Heinrich et sa femme eurent une fille et un fils. Ils s'échinaient et mirent de l'argent de côté, achetèrent une petite exploitation agricole et s'installèrent. Ils étaient contents et sacrément fatigués. J'en sais très peu sur eux. Pour ne pas dire rien. Heinrich ne fut jamais aussi heureux qu'avec son cheval, ni avec sa femme, ni avec ses enfants. La fille fit une belle carrière d'interprète et j'ai entendu dire qu'elle vivait à Paris. Le cheval n'était pas depuis quinze jours dans l'écurie qu'il marcha sur le pied nu d'oncle Heinrich, qui tomba malade. Le pied s'infecta et devint noir. Sa brave femme lui fit des cataplasmes d'herbes et réussit à le sauver. Il n'alla pas chez le médecin. Depuis l'accident il ne pouvait plus souffrir le cheval. C'était sa femme qui veillait sur le Norique et quand Heinrich l'apercevait au pâturage, il se voilait la face en espérant que le cheval s'en rendait compte. Son pied ne guérit jamais complètement et le limitait dans son travail. Aussi sa femme faisait-elle presque tout. Heinrich voulut éduquer son fils afin qu'il aide sa mère, sans grand résultat, le fils était fatigué dès le matin et à midi il n'était plus bon à rien. Sa fille vint une fois de Paris pour les vacances et amena son fils. Elle avait des vêtements chics, une valise en cuir fin. Le garçon était un joli gamin aux boucles brunes. Heinrich s'enticha de lui et convainquit sa fille de le laisser au village, il prendrait soin de lui, ce qu'il fit. Il étudiait avec lui et estimait que ce garçon irait loin de toute façon. Le gamin lui apprit le français et ils ne s'adressèrent bientôt plus l'un à l'autre que dans cette langue. Heinrich dit un jour à son chouchou qu'il pouvait lui demander ce qu'il voulait, peu importait le prix, il avait pas mal d'argent de côté. Le garçon répondit qu'il aimerait bien devenir propriétaire du cheval.

« *Si je n'ai pas à le regarder*[1] », dit Heinrich et il serra le garçon contre lui, tout heureux.

Mon oncle Heinrich se réconcilia avec le cheval, et on entendait souvent dans l'écurie des éclats de rire et un hennissement – le grand-père, le petit-fils et le cheval.

Quand le maire entra dans la maison la fois suivante, sans frapper ni sonner, Lorenz était assis dans la cuisine à la place qui était habituellement celle du maire. Il avait le fusil sur les genoux, le canon dans une main, l'autre posée sur la détente.

« Voyez-vous ça, dit le maire. Où est ta mère ?

– Pas là, dit Lorenz.

– Ce n'est pas une réponse. »

Lorenz le regardait mais ne disait rien. Le maire se rendit compte que le gamin avait du mal à soutenir son regard. C'était bientôt midi, aucune odeur de nourriture. La table était vide. Pas d'assiettes, pas de tasses,

1. En français dans le texte.

pas de beurre, pas de lait dans une jatte, pas de pain, pas de lard, pas de fromage.

« Jolie carabine, dit le maire. Tu sais tirer avec ? »

Lorenz acquiesça. Baissa la tête, le regarda pardessous ses sourcils.

« Et sur quoi tu tires ? »

Lorenz haussa les épaules.

« Les oiseaux ? »

Pas de réponse.

« Plus gros ? »

Pas de réponse.

« Une jolie carabine. Avec ça, il ne faudrait pas tirer sur n'importe quoi. Des bouteilles de bière ou ce genre. Ce serait dommage. »

Lorenz serra le canon plus fort, un soupir lui échappa. Il se redressa. Il avait le dos rond, ça faisait sournois.

Le maire vit la peur dans ses yeux. « Cette carabine-là, c'est le meilleur armurier à cent lieues à la ronde qui l'a fabriquée, dit-il. Tu sais qui est le meilleur armurier ? »

Lorenz hocha la tête, à peine.

« Moi aussi je sais qui est le meilleur armurier, dit le maire. C'est une carabine Fink. Et Fink, c'est moi. Alors maintenant, petit jeanfoutre, tu vas me dire où est ta mère. Sinon je te prends ton arme et je te botte le cul avec la crosse.

– Elle est allée voir quelque chose », dit Lorenz, qui à présent tremblait de rage.

« Tu parles comme un imbécile, le houspilla le maire, pas mécontent de le voir trembler. Elle est allée s'allonger ? Faut-il que j'aille vérifier ? Elle est allée voir quelque chose, tu dis. Bien. Aha. Et si moi aussi je vais voir quelque chose, tu fais quoi ? Si je vais dans la chambre vérifier ? Tu me tires dessus ? Tu as intérêt à bien viser. Si tu rates le cœur, ça fera des cochonneries partout et je ne serai pas mort. »

L'arme tomba au sol. Lorenz éclata en sanglots et courut dehors dans la neige. Il était en pantoufles. Il descendit à la fontaine. Puis fit demi-tour et alla se cacher dans l'étable où il resta à se les geler, appela à mi-voix le chien qui n'était nulle part et attendit jusqu'à ce que Katherine et Heinrich rentrent de l'école, le chien aussi était de retour et le maire était parti.

Le soir, Lorenz raconta à sa mère et à ses frères et sœur ce qui s'était passé. Sans rien dramatiser ni rien enjoliver. Il dit qu'il s'était montré lâche, qu'il avait fichu le camp, qu'il était désolé et que ça ne se reproduirait pas. Maria ne fit aucun commentaire, mais le lendemain matin elle ordonna aux enfants de rester à la maison, auprès d'elle.

« Vous n'avez plus besoin d'aller à l'école, dit-elle. Plus du tout. Plus tant qu'il y aura la guerre. Tout ce qui vous est enseigné à l'école, je peux vous l'apprendre aussi. On est bien aise, assis autour de notre table. On est pas aussi à l'aise à l'école, et quand on est bien aise on apprend plus facilement, c'est comme ça. Lorenz vous enseignera le calcul. Il fera ça aussi bien que le maître. » Et que Katharina n'aille pas dire encore que c'est interdit. À la guerre tout est permis. Même de sécher l'école.

Katharina ne dit rien.

Quand ma tante s'est mise enfin à me parler des Fâcheux, elle voyait déjà la mort devant elle, qui lui faisait signe. Ce sont ses mots.

« Elle est là », a-t-elle dit, c'était son visage qui parlait, ses lèvres bougeaient à peine, un visage qu'on aurait dit en cuir, j'étais assise en face d'elle dans sa petite cuisine du lotissement des Sud-Tyroliens et il me semblait que quelqu'un se tenait derrière elle, qui parlait et à qui elle prêtait juste son visage, « la mort est là, a-t-elle dit, à quelques mètres de moi, le grand squelette, un peu penché en avant, un pied devant l'autre, il se retourne et me fait signe d'avancer. »

Elle avait largement dépassé les quatre-vingt-dix ans. Une femme au nez pointu, aux membres frêles mais toujours bien modelés, on voyait le dessin des muscles sur ses bras. Une femme qui travaillait toujours comme si elle était un homme et ne pensait jamais à la femme en elle. Une expression de ma mère : « Katharina, pense un peu à la femme en toi ! » Du coup, j'essayais de penser à la femme en moi. Mais je faisais chou blanc, il faut dire que je n'avais que douze ans quand j'ai entendu cette expression.

Après la mort de ma grand-mère et de mon grand-père, Katharina aura la garde de ses frères et sœurs, Lorenz, Heinrich et Walter, mais aussi Grete, Irma et Sepp, venus au monde plus tard, elle leur fera à manger tous les jours avec ce qu'elle aura sous la main et veillera à ce qu'ils soient tous rassasiés. Katharina qui n'aura alors que dix-huit ans.

Quand on viendra arrêter Lorenz et Heinrich pour braconnage, elle cherchera à leur fournir un alibi.

« Je jure sur le bon Dieu qui est aux cieux, sur sainte Catherine, sur mon bonheur éternel et sur le bonheur éternel de mes frères et sœurs, que Lorenz et Heinrich ont passé toute la journée avec moi dans la maison ! »

Ce sera peine perdue. On ne la croira pas. On pensera qu'elle ne croit ni au bon Dieu qui est aux cieux, ni à sa sainte patronne, ni à un quelconque bonheur éternel, pas même le sien. Ils seront mis en cellule disciplinaire, Lorenz, dix-sept ans, Heinrich, dix-neuf. La cellule disciplinaire sera la cave de la maison du maire.

Il y aura un risque qu'on leur enlève Lorenz. Le maire le désignera aux gendarmes comme l'instigateur. « Celui-là, dira-t-il, est un criminel né. » Katharina conjurera Heinrich d'assumer la responsabilité, toute la responsabilité, lui tout seul. Lorenz aime tant la liberté, dira-t-elle, il en a besoin, en prison il ne survivra pas. Et Heinrich lui obéira, il avouera tout et jurera qu'il est allé seul à la chasse.

Plus tard, Kathe encouragera ma mère, Grete, à ne

pas se laisser faire par les hommes, le mieux étant encore de les éviter.

Katharina deviendra ce genre de femme. Ma tante Kathe était ce genre de femme.

Ce matin-là, c'était au début de décembre, le 4 ou le 5 décembre 1914 – un jour ou deux avant la Saint-Nicolas, m'a dit tante Kathe –, les enfants étaient de nouveau restés à la maison.

Et c'était une bonne chose qu'ils soient auprès de leur mère. Katharina, Lorenz et Walter aperçurent le maire qui montait le chemin dans la neige. Heinrich était à l'étable, en train de donner du foin aux vaches et aux chèvres. Lui aussi vit le maire. Il lâcha sa fourche, laissa le chien dans l'étable, tourna la clé et courut à la maison. Il prit place aux côtés de ses frères et sœur et de sa mère dans la cuisine.

Le silence régnait. Ils soufflèrent sur les cristaux de givre de la fenêtre et virent le maire en arrêt non loin de la maison. Comme s'il réfléchissait. La tête levée et un peu de biais, le menton en avant. Comme s'il tendait l'oreille. Comme s'il prenait le vent. Il portait un sac à dos. Il était un bloc de pierre noir dressé dans la neige. Et soudain, plus rien. Disparu. Ils ne l'avaient pas vu s'en aller, il n'était pas parti vers la forêt. Effacé comme par magie. Gommé sur le fond blanc. Et le voilà qui surgit au milieu de la cuisine comme tombé du ciel. En chaussettes de laine. Il sentait les pommes de terre bouillies. Sans doute ses chaussettes.

Les choses ne se passèrent pas tout à fait comme Maria l'avait imaginé. Elle pensait qu'en les voyant tous autour d'elle il décamperait aussitôt. Qu'il respecterait au moins les enfants.

Il se mit au contraire à leur hurler dessus : « Vous ne savez pas qu'on va tous vous coffrer ? L'école est obligatoire dans ce pays. Ici je suis le représentant de l'empereur ! Je suis venu contrôler… » Qu'ils filent immédiatement, im-mé-dia-te-ment. Il allait et venait à travers la cuisine en tapant du pied dans ses chaussettes. Faisait de grands gestes. Il s'abstiendrait peut-être de porter plainte, peut-être, mais à condition qu'ils filent immédiatement. Quand une famille enfreint l'obligation scolaire, on prend des mesures, on lui retire les enfants. C'est la loi. C'est automatique. Même un maire ne peut rien faire. Personne ne devait se figurer que les lois ne s'appliquaient plus en temps de guerre. C'est justement en temps de guerre qu'elles doivent s'appliquer. – Il braillait si fort qu'on entendait l'écho de sa voix jusqu'en bas de la montagne.

« C'estpasDieupossiblebonsangdebonsoir ! »

Il donnait des coups de pied et de poing aux enfants, Katharina tomba sur le côté. Il attrapa Walter par les cheveux et le secoua. Il tapa à deux reprises sur la tête de Heinrich avec les jointures de ses doigts, à droite de l'oreille, à gauche de l'oreille, et pour finir une baffe sur la nuque. Lorenz fut le seul à qui il n'osa pas s'attaquer.

Les enfants quittèrent la maison en courant, ils eurent à peine le temps d'enfiler leur manteau, seule Katharina prit ses affaires de classe, Lorenz et Heinrich avaient leurs lacets défaits, Walter courait derrière.

Maria se réfugia derrière la table, se blottit entre le banc d'angle et la table, un coussin en guise de bouclier, elle aurait bien attrapé un objet quelconque, le candélabre par exemple, qui était en bois de hêtre, mais elle n'osa pas, il sera encore plus furieux, pensa-t-elle, il me l'arrachera des mains et me frappera avec.

« Et maintenant, dit le maire en renversant la première chaise. Et maintenant à toi, la mijaurée ! »

Ma tante Kathe m'a raconté ce qui se passa ensuite. « Nous courions, Heinrich, moi, Walter que je tenais par la main, et puis Lorenz s'est arrêté, entre deux murs de neige plus hauts que lui. J'ai crié, viens, Lorenz, viens, sinon il va nous dénoncer et on va nous enlever à maman. Je le croyais vraiment. On entendait dire ça très souvent. En parlant de nous. Ils pensaient tous au village, ou du moins certains, ils pensaient, ceux de là-haut, les Fâcheux, sont des demi-sauvages, ils devaient le penser tous, mais certains le disaient, nous étions à peu près les derniers à n'avoir pas l'électricité ni l'eau courante, juste une fontaine, il fallait marcher vingt mètres pour l'atteindre et elle ne nous appartenait même pas. Ils disaient, ils ont une ribambelle de gosses, et le père fait des affaires louches, ne vaudrait-il pas mieux qu'on leur enlève les enfants, qu'eux au moins aient une petite chance de s'en tirer. J'avais peur, je dois l'avouer. Pas Lorenz. Il nous a crié, à Heinrich, à Walter et à moi, qu'on pouvait fuir si bon nous semblait, lui ne fuirait plus. Pas lui. Il a fait demi-tour et il y est retourné. Il a levé les bras en faisant de grands moulinets et il a courbé le dos. Nous sommes restés plantés là un moment. J'avais vraiment peur, je l'avoue, je ne sais pas si j'ai jamais eu aussi peur de toute ma vie, je crois que non. Lorenz est capable de tout lorsqu'il est en colère, chacun le sait dans la famille. Je me méfiais presque plus de Lorenz que du maire. Nous sommes restés plantés là jusqu'au moment où nous avons vu Lorenz en haut à la fontaine, tous les trois, Heinrich, Walter et moi, sans capuche sur la tête, par moins dix degrés au bas mot, sans gants non plus, nous avions filé si vite que nous les avions laissés en haut dans la cuisine. Et puis nous ne l'avons plus vu, tant la neige était haute. J'ai dit, allons-y, on le rejoint. Mais nous ne marchions pas vite. Heinrich a ralenti. Il a dit, Lorenz ne veut pas nous avoir dans les pattes. Nous avoir dans les pattes pour faire quoi, ai-je demandé. Heinrich s'est arrêté, moi j'ai continué en tenant Walter par la main. Heinrich nous a crié que je devais au moins laisser Walter avec lui. Que Walter était trop jeune. Trop jeune pour quoi ? Nous avons continué. Alors Heinrich nous a suivis. Et en arrivant dans la cuisine, nous avons vu Lorenz. Avec la carabine. »

Lorenz s'était faufilé le long de la maison, il avait fait le tour à travers la neige épaisse et il avait escaladé le toit par l'arrière, c'était facile parce que la maison était adossée à la pente et que le toit touchait presque le sol. Il savait comment ouvrir de l'extérieur la lucarne du grenier, il avait d'abord enlevé la neige, puis s'était introduit à l'intérieur. Il alla chercher l'arme et il surgit dans la cuisine.

« Fous le camp ! dit-il. Je n'ai pas besoin de bien viser, c'est de la chevrotine. »

Cette fois le maire n'osa pas lui crier dessus. Pas cette fois. Sans doute à cause de la chevrotine. Maria sortit de son recoin pour venir se placer derrière son fils. Elle posa les mains sur les épaules de Lorenz.

Lorenz leva le fusil et mit en joue. « C'est de la 00 », dit-il. Ma tante Kathe m'a expliqué que se faire tirer dessus avec de la chevrotine, c'est ce qu'on peut imaginer de pire. Elle s'y connaissait en armes, pas aussi bien que Heinrich, ni que Lorenz a fortiori, mais elle savait faire la différence entre une balle lisse et de la chevrotine, elle avait vu la différence sur un chevreuil, et plus d'une fois.

« Je compte jusqu'à trois, dit Maria. À trois je dis à mon fils de tirer.

– À partir de maintenant c'est un délit grave », dit le maire.

Katharina, Heinrich et Walter entrèrent dans la cuisine au même instant. Tante Kathe m'a raconté qu'elle avait entendu les derniers mots du maire. Elle s'était mise à pleurer parce qu'elle pensait que tout était perdu.

Le maire l'avait dit textuellement : « Cette fois, tout est perdu. »

« Venez ici ! ordonna Maria. Mettez-vous près de moi ! Tout va bien se passer. Rien n'est perdu.

– Et les bonnes choses que je vous ai apportées ? demanda le maire. Je les remporte ?

– Un, a dit Maria.

– Remporte-les, sanglotait Katharina. On n'en veut pas. Remporte-les s'il te plaît ! On ne veut rien de personne. Juste qu'on nous fiche la paix. On n'a rien fait à personne. »

Le sac à dos était sur la table, les lanières dénouées, on voyait un bâton de saucisson et deux pains au levain et un sac en lin avec de la semoule. Comme si saint Nicolas était passé.

« Et de quoi vous allez vivre ? demanda le maire. Bouffer de la neige ne remplit pas le ventre.

– Deux », dit Maria.

Walter se hâta de crier : « Moi je veux le saucisson ! Au moins le saucisson. J'ai faim.

– Prends-le dans le sac ! dit Lorenz.

– J'ose pas, dit Walter.

– Prends-le dans le sac ! » dit Maria à Heinrich.

Heinrich prit le saucisson dans le sac, regarda le maire et haussa les épaules. Le maire fit un geste condescendant.

« Et le reste aussi ! ordonna Maria. Sors tout ! »

Heinrich regardait le maire à chaque fois, et chaque fois le maire opinait.

« Vous pouvez tranquillement tout prendre. C'est pour vous. Le pain, le saucisson, la semoule, en dessous il y a encore un bout de fromage et un bout de lard, tout ça c'est pour vous. Du lait, vous avez le vôtre. Inutile de remercier. Ça vient du cœur. Pas besoin de voler ce qui vous est offert. »

Puis il s'en alla. Sans se presser. Il prit son temps pour enfiler ses chaussures. S'assit carrément par terre pour le faire. Se mit à chanter une chanson : *Maria durch ein Dornwald ging...*

« Dépêche-toi ! » dit Maria.

Il leva la tête : « Tu vas dire trois parce que j'ai du mal à enfiler mes souliers ? demanda-t-il. Et toi, jeune homme, tu vas tirer sur le représentant de l'empereur parce qu'il a du mal à enfiler ses souliers ? »

Il ne regardait pas Lorenz. Le maire avait retrouvé un peu de son pouvoir. Mais pas la totalité, loin de là. Il lui faudrait encore bien des jours. Désormais il respecterait Lorenz pour le restant de sa vie. Il aurait aimé le voir au trou.

Quand le maire fut enfin sorti et qu'ils ne le virent plus par la fenêtre, Maria chancela, elle dut se retenir à une chaise et Katharina se précipita pour la soutenir.

« Donne-moi un verre d'eau, ça va aller », dit-elle. Mais Katharina vit que ça n'allait pas, si bien que

Heinrich l'aida à emmener leur mère dans sa chambre. Elle se coucha et dormit jusqu'au soir.

Maria avait souvent des vertiges. Ça ne voulait sans doute rien dire. Il lui arrivait de s'effondrer. Une fois à l'église. Elle s'était blessée à la tête. Les femmes s'étaient écartées. Elles lui avaient fait de la place et son front avait heurté le banc.

Souvent Walter n'allait pas bien non plus. Il aimait tant sa maman que lui non plus n'allait pas bien. Il ne mettait jamais ses chaussettes, se promenait toujours avec les pieds gelés et la morve au nez. Lorenz ne savait pas comment lui apprendre à fourrer sa chemise dans son pantalon devant et derrière et à ne pas marcher pieds nus dans le froid, même à la maison.

« On n'a pas le droit de tomber malades ! » disait-il.

Il avait déjà fait la leçon à Katharina, parce que c'était à elle de veiller sur les plus petits. Elle lui avait juste dit qu'il n'avait pas à monter sur ses grands chevaux. Il n'était pas leur père.

Maria était enceinte. Ma mère était dans son ventre.

Tous les dimanches de ce mois de décembre, Maria descendit au village avec les enfants pour aller à l'église, il y avait presque deux mètres de neige de part et d'autre du chemin cet hiver-là, et des températures allant jusqu'à moins dix s'installaient pendant des jours, entrecoupées de tempêtes de fœhn qui faisaient remonter le thermomètre à vingt degrés pour quarante-huit heures. Puis en l'espace d'une nuit le froid revenait, la neige tombait si dru que du siège du cocher on ne voyait plus les oreilles des chevaux. Des stalactites pendaient du toit de la grange comme les épées des géants des montagnes. Jour et nuit le cheval tirait le chasse-neige sur les chemins et les hommes âgés pelletaient, ceux dont on n'avait pas besoin à la guerre, jour et nuit on entendait les clochettes fixées à la bride, et un jour – tout le monde était déjà dans l'église, des bouffées de vapeur sortaient des bouches, l'encensoir fumait dans les mains de Walter qui était enfant de chœur depuis peu, il avait pleuré et supplié pour devenir enfant de chœur, il s'était traîné à genoux devant Maria, comme le prêtre avait appris aux écoliers à le faire, ils étaient tous dans l'église vêtus de leurs plus beaux habits, les femmes et les fillettes à gauche, les hommes et les garçons à droite –, soudain le chignon sur la nuque de Maria se défit, elle ôta son châle et essaya de rattacher ses cheveux. Ce qui pour elle était un jeu d'enfant, impossible cette fois d'y arriver. Elle en aurait pleuré. Toutes les femmes s'étaient retournées et la regardaient. Elle laissa échapper une seule plainte. Déchirante. Lorenz, Heinrich et Katharina baissèrent la tête.

Les Fâcheux s'agenouillaient sur le dernier banc au fond. Du côté des femmes. Tous serrés les uns contre les autres. Même quand Josef était encore là, ils s'agenouillaient, se levaient et s'asseyaient au fond du côté des femmes, deux ou trois bancs vides les séparaient du reste des fidèles. Pendant la messe, la plupart des hommes étaient dehors à parler politique, fumer, chiquer et cracher, si bien que la neige était constellée de taches brunes, ils rentraient au moment de la consécration, s'agenouillaient à côté de leurs fils, faisaient le signe de croix sur leur front avec des airs gênés comme si on les surprenait en train de faire une chose embarrassante. Josef ne se mêlait pas aux conversations dehors, il restait auprès de sa famille, il était toujours resté auprès des siens à l'église. Il ne croyait pas au ciel et encore moins à l'Église catholique, il considérait les curetons comme des créatures inutiles, des bons à rien, il ne croyait pas non plus aux saints, sa femme, elle, y croyait, Maria croyait aux saints plutôt qu'au bon Dieu, il était trop lointain et lui-même n'avait rien vécu, sur les saints au moins il y avait des histoires. Sainte Catherine par exemple avait été flagellée pendant douze jours, ses tortionnaires ne lui donnaient rien à manger et pourtant elle avait survécu, parce qu'un ange venait la nuit oindre ses blessures et lui apporter du pain et du lait. Pendant la messe Josef était là, les bras le long du corps, les mains croisées sur le ventre, et laissait vagabonder ses pensées. Même pendant la consécration il restait debout. *Seigneur, je ne suis pas digne que tu entres sous mon toit, mais dis seulement une parole et mon âme sera guérie.* Au moment du sermon il s'asseyait, mais rien ne permettait de dire s'il écoutait ou pas. Il ne portait pas de cravate, jamais. Une chemise blanche. Les autres portaient des chemises à carreaux, le dimanche comme les jours ouvrables, avec une cravate le dimanche.

Pourquoi les miens se sont-ils toujours tenus volontairement à l'écart ? Pourquoi ? Pourquoi sont-ils restés isolés là-haut, au fin fond de la vallée ? S'ils ne voulaient pas avoir affaire aux autres, pourquoi sont-ils restés ? Le beau-frère de Maria et la sœur de Maria avaient plus d'une fois remis sur le tapis l'idée d'un déménagement à Bregenz, on pourrait construire une grande maison, monter ensemble une entreprise, le beau-frère s'occuperait de la vente, Josef de l'argent, du fisc et des combines indispensables, de la comptabilité. Lorenz, le fort en calcul, aurait un avenir, un avenir au sein de la famille, au côté de son père et plus tard à sa place. Le beau-frère n'était pas à la guerre. On n'avait pas besoin de lui à la maison. Il était très utile dans le service civil. Il possédait une attestation à cet égard. Et ce n'étaient pas des mauvaises personnes, la sœur et le beau-frère, bien au contraire. Même Josef devait l'admettre. Le beau-frère parlait beaucoup, mais bien, comparé à Josef tout le monde parlait beaucoup. Le beau-frère était un homme honorable et qui réussissait. Josef l'admettait. Même s'il pensait de manière générale que les deux choses ne vont pas ensemble.

Quand Maria fut enceinte de ma mère, elle se remit à penser aux saints. Elle priait beaucoup à cette époque, se souvenait ma tante Kathe. Surtout la Mère de Dieu, qui était sa patronne. Avec les mères on peut parler. Elle n'avait appris que plus tard l'existence de saint Laurent, qu'elle trouvait inquiétant, ce type qui va mourir rôti sur le gril et se paie la tête de ses bourreaux. Si elle avait connu cette histoire plus tôt, elle n'aurait pas appelé son fils Lorenz. Elle n'avait jamais entendu parler d'un saint Heinrich ou d'un saint Walter. Tante Kathe disait que sa mère se faisait quelques petits reproches à ce sujet. Mais pas très souvent. La plupart du temps elle se fichait éperdument de tout ce qui touchait à la religion.

« Kathe », ai-je dit – je crois qu'à partir de ses soixante-dix ans j'ai cessé de l'appeler « tante », je n'utilisais plus que le diminutif de son prénom, « Kathe ».

« Oui ?

– Je veux te poser une question.

– Laquelle ?

– Mais ne te mets pas en colère.

– Ne tourne pas autour du pot ! Pose ta question !

– Est-ce que tu es sûre à cent pour cent que ma mère était la fille de votre père ?

– Tu devrais te prendre une gifle pour avoir posé une question pareille ! » Voilà sa réponse.

« Bon, ai-je dit. Tu as dit ce que tu devais dire.

Maintenant je repose ma question. Maman était-elle ta sœur à cent pour cent ?

– À cent pour cent ! a répondu tante Kathe. Tu es une Fâcheux à cent pour cent. » Oui, oui, elle savait très bien ce que je me disais dans ma petite tête bizarre, a-t-elle poursuivi. Que sa mère s'était mise à prier subitement parce qu'elle avait mauvaise conscience. « C'est ça que tu penses ?

– Oui, c'est à peu près ça.

– C'est une idiotie !

– Et avec l'Allemand roux de Hanovre, il ne s'est rien passé ?

– Non.

– Comment peux-tu en être aussi sûre ?

– J'en suis sûre. Un point c'est tout. »

Quand elles étaient encore écolières toutes les deux, Maria avait raconté à sa sœur qu'elle vivrait un jour un amour immense, un amour puissant qui l'arracherait du sol. Sans un grand amour comme ça, la vie d'une femme ne valait pas la peine. La sœur de Maria avait une vision plus pragmatique. Toute petite déjà, elle disait qu'un homme devait offrir à une femme une bonne vie, une femme ne pouvait pas en attendre davantage d'un homme. Par « bonne vie », elle entendait une vie meilleure que celle menée jusque-là. Maria avait répondu que c'était vraiment minable. Josef l'avait demandée en mariage à dix-sept ans. Elle était satisfaite de ce mari, il avait amélioré sa vie. Pas sur le plan économique. Il était même plus pauvre que Maria ne l'était par sa famille. Sur le plan économique, Josef était une régression. Mais il accordait de la valeur à l'humain. Même s'il n'en parlait jamais, il n'aurait pas pu, il avait peu de mots à sa disposition, mais tout ce qu'il était, son comportement, disaient que l'être humain ne se mesure pas à l'argent qui tinte dans ses poches. Sous cet aspect, il avait amélioré la vie de Maria. Drôle d'aspect, objecta sa sœur. Ce n'est pas ça qui vous remplit l'estomac. Non, c'est vrai, admit Maria. Par ailleurs elle aimait Josef et avait eu très envie de lui, mais s'il devait ne pas revenir de la guerre elle irait retrouver Georg à Hanovre. À pied, s'il le fallait. Pourquoi ne pourrait-elle pas devenir une autre personne ! Il n'y avait pas une seule toile d'araignée dans les recoins de sa maison, pas un grain de poussière, rien de gras, de poisseux, pas de chaussettes puantes, pas de chemises raides de sueur. Elle laisserait derrière elle l'ordre le plus impeccable qu'on puisse imaginer.

Pour Noël 1914 Josef revint à la maison, ce fut la dernière fois de toute la guerre. Une permission inespérée. Il y avait des soldats du village qui n'en avaient pas encore eu une seule. Dont les femmes étaient désespérées. L'une d'elles n'avait jamais reçu de nouvelles de son mari, pas la moindre. Elle ne savait même pas s'il était encore en vie. Certains soldats n'eurent aucune permission en quatre ans, ils étaient partis à la guerre pour l'Empereur et pour la monarchie, et à leur retour l'Empereur était mort et la monarchie abolie. Pour Josef, c'était la deuxième permission en six mois. De l'avis général, il la devait à ses petites affaires, une fois de plus. Mais personne n'aurait su dire de quelles affaires il pouvait bien s'agir, qui permettaient au plus pauvre paysan du village le plus déshérité de toute la monarchie de circonvenir en sa faveur l'énorme machine militaire de l'Empereur.

Le facteur adjoint était monté dans la neige épaisse, il avait hélé Maria en agitant une lettre. Une notification officielle à la femme du soldat. Ce n'était pas une lettre à proprement parler, il ne se serait jamais permis de lire une lettre, assura l'adjoint, les convenances et le devoir l'interdisaient, ce courrier était arrivé ouvert, sans enveloppe. Josef avait obtenu par tirage au sort de venir en permission au pays. Voilà ce qui était écrit. Tapé à la machine. Avec un tampon.

« Ils tirent ça au sort ? demanda Maria.

– Je ne savais pas non plus, dit l'adjoint, hors d'haleine mais heureux. On en apprend tous les jours. C'est ce qu'on dit. Mais on aime apprendre les bonnes nouvelles. Pas vrai ? »

Maria était sceptique. « C'est donc le hasard.

– Voilà.

– Le hasard décide des permissions comme de la mort ?

– Je devrais avoir mauvaise conscience de ne pas être au front ? demanda l'adjoint.

– Bien sûr que non », dit Maria. Puis, surmontant sa honte, elle dit : « Je peux te demander une faveur ? » et elle tourna la tête pour ne pas voir le sang monter au visage de l'adjoint. « Tu veux bien entrer un moment ? »

Elle ne savait pas quoi lui offrir. Elle n'avait rien. Rien du tout. Depuis que le maire ne donnait plus rien, les provisions fondaient. Une fois par semaine, elle envoyait Heinrich et Katharina au village acheter du pain. Il lui restait encore un peu d'argent. Il arrivait que la dame de la boulangerie, Else, fourre une seconde miche de pain dans le sac à dos de Katharina. La couenne du dernier morceau de lard apporté par le maire était accrochée au plafond de la cuisine, au-dessus de la table. Les enfants y frottaient leur cougnet de pain. Ça donnait un peu de goût. L'adjoint défit sa cravate et ouvrit son col. Il faisait chaud dans la cuisine. Le bois de chauffage ne manquait pas. Plutôt faim que froid. Telle était la devise des Fâcheux et c'est encore la mienne aujourd'hui.

« Tu me promets que tu ne diras rien à personne ?

– Je vous le promets, répondit l'adjoint.

– Si j'ose te parler ainsi, dit-elle en lui prenant la main qu'elle serra dans la sienne, c'est que je te tiens pour l'homme le plus honorable qu'il y ait ici.

– Merci, dit l'adjoint. Mais il y en a certainement d'autres.

– Non, aucun.

– Alors merci encore une fois.

– Tu penses que je dis ça uniquement parce que j'attends quelque chose de toi.

– Non, je ne pense pas ça », dit l'adjoint.

C'était pourtant le cas. « Je viens mendier, dit Maria.

– Je ne comprends pas, dit l'adjoint.

– Je viens mendier auprès de toi. »

Il ne comprenait pas davantage.

« Je n'ai plus rien. »

Toujours pas.

« Plus rien à manger. »

Il n'avait toujours pas compris.

« Nous n'avons rien à manger, les enfants et moi, dit-elle, luttant pour cacher son impatience. Les vaches ont du foin et les chèvres aussi. Nous, rien. Le chien trouve ce dont il a besoin, je ne sais où, et le chat aussi. Nous n'avons que du lait à boire. Et quand Josef va revenir de la guerre pour Noël, nous n'aurons rien non plus…

– Ce sera un honneur pour moi », se hâta de l'interrompre l'adjoint. C'était très élégant de sa part. Il voulait lui éviter d'avoir à décrire encore plus précisément la situation.

Josef ne revint cette fois que pour deux jours. Un jour et demi exactement, si l'on compte les heures. Il était épuisé, changé, lointain, petit, fatigué, timide, maigre, il parla peu, ne coucha pas avec sa femme, ne remarqua pas qu'elle était enceinte. Elle ne le lui dit pas non plus. Elle était au deuxième mois. Il ne voulait voir personne d'autre que la famille, dit-il. Les lumières lui faisaient mal aux yeux. Il fallut mettre quelque chose devant la bougie. Il ne se lava pas non plus à fond, contrairement à son habitude. Tout lui paraissait superflu. Le voyage jusqu'ici avait été long, dit-il, mais s'était bien passé. En chemin de fer. Il n'en dit pas beaucoup plus. Les enfants gardèrent leurs distances. Quand il repartit, ce fut comme s'il n'avait pas été là du tout. Si ce n'est qu'on voyait dans la neige les traces de ses lourdes bottes de soldat. Maria avait du mal à se rappeler comment était son mari avant la guerre. Elle y vit un très mauvais présage.

Mais il y avait eu un rôti le soir du 24. Un rôti de porc. Avec des pommes de terre et de la choucroute. Et puis une bouteille de vin. Et des poires séchées. Tout cela donné par l'adjoint. Maria l'avait remercié de ses larmes. Qui avaient ruisselé comme chez les comédiennes au théâtre. Des larmes de commande. Elle avait lu ça quelque part. Et elle avait retenu l'expression. Que les comédiennes doivent entre autres savoir pleurer. Sur commande. Adolescentes, sa sœur et elle s'étaient exercées. Sa sœur n'y arrivait jamais. Elle, si. Sa sœur était prise de fou rire. Maria s'en était souvenue quand l'adjoint était arrivé, traînant derrière lui sa luge avec une corde passée sur son épaule. Il avait attaché sur la luge des sacs remplis de bonnes choses. Avec une bâche par-dessus pour que personne ne voie ce que c'était. Elle lui avait tendu la main, l'avait gardée longtemps dans la sienne, l'avait regardé droit dans les yeux et les larmes s'étaient mises à couler, à ruisseler. Les yeux du brave homme s'étaient aussi remplis de larmes. Il n'aurait pas pu y avoir plus belle façon de le remercier. Les larmes de Maria étaient son plus beau cadeau de Noël.

Josef avait rapporté de l'argent cette fois encore, il le donna à Maria et lui dit de bien le garder. Elle cousit des petits sacs en lin pour chaque membre de la famille et y répartit l'argent, la plus grosse part pour le père, les enfants selon leur âge, pour elle-même elle ne voulait rien. Elle mit les petits sacs sous l'arbre de Noël. Heinrich était allé le couper dans la forêt. La pointe se recourbait contre le plafond. Aux branches étaient accrochées des figurines découpées dans du carton que Maria et les enfants avaient coloriées avec des crayons pendant les veillées. Katharina avait fauché les crayons de couleur d'une camarade de classe. Elle-même n'en avait qu'un bleu. Six bougies étaient allumées, une pour chaque membre de la famille.

« C'est beau, dit Josef. C'est très beau. On en a un aussi. Un qui est presque aussi beau. »

Elle ne chercha pas à en savoir plus.

Quand Josef fut reparti, Maria serra les petits sacs avec l'argent sous une lame du plancher. Elle posa l'arbre de Noël par-dessus.

Une autre chose, importante ! Elle avait préparé

pour le soir de Noël un gâteau au sucre, car l'adjoint avait aussi apporté de la farine et du sucre. Ainsi qu'un morceau de levure avec les bons vœux de sa mère pour Noël. Et puis une poignée de raisins secs. Et du beurre.

Ils avaient voulu aller à la messe de minuit tous ensemble, Josef, Maria, Heinrich, Katharina, Lorenz et Walter, mais rebroussèrent chemin, il était tombé trop de neige et le chasse-neige ne passait pas le 24 décembre, en tout cas il ne venait pas jusqu'ici, au fin fond de la vallée. Chanter autour de l'arbre de Noël fut malaisé parce que ni Katharina, ni Heinrich, ni Lorenz ne savaient *Stille Nacht, heilige Nacht* par cœur, seulement Walter. Josef était debout, les bras le long du corps, les mains croisées sur le ventre. Comme à l'église. On ne voyait pas ce qu'il pensait. Walter joua avec le petit Jésus en plâtre, qui tomba par terre et se cassa. Maria y vit encore un mauvais présage.

Au moment de se quitter les époux s'étreignirent. Mais Maria ne réussit pas à dire à son mari qu'elle était enceinte. Elle le lui écrivit au front. Il répondit qu'il ne croyait pas avoir de nouvelle permission. Il se réjouissait pour l'enfant. Ses gars avaient payé le schnaps et lui avaient porté un toast. Si c'était un garçon, il voulait qu'il s'appelle Josef, comme son père.

Le père ne revint plus à la maison jusqu'à la fin de la guerre. L'adjoint apportait parfois une lettre de lui. Maria lui en donnait une à poster en retour. Les lettres de Josef faisaient rarement plus de quatre lignes. Il allait bien. Qu'elle ne s'inquiète pas. Comment allaient les enfants. Il serait content que la guerre se termine et qu'ils soient de nouveau tous réunis. La situation se présentait bien pour l'empereur. C'était dans toutes ses lettres. On disait que les soldats étaient obligés d'écrire ça. S'ils ne le faisaient pas, ils se faisaient engueuler. Maria répondait avec la même concision.

Bientôt, son ventre fut visible. Bientôt, chacun au village avait vu au moins une fois le ventre de Maria Moosbrugger. D'où venait ce ventre ? On fit des calculs. La durée des permissions du mari, à l'heure près. En prenant en compte l'état d'un homme qui revient du front. En dénombrant les jours favorables ou défavorables à la conception. Et ceci, et cela. Le résultat n'était pas en faveur de Maria.

Le curé vint à deux reprises. La première fois seul, pas la seconde.

La première fois, il dit : « Pourquoi est-ce que je ne te vois jamais à confesse, Maria ? »

Elle haussa les épaules. Elle ne lui avait pas proposé de s'asseoir à la table de la cuisine. Le curé était d'avis qu'un homme d'Église a sa place réservée à toute heure et dans tous les foyers.

« Veux-tu te confesser maintenant ? demanda-t-il.

– Ici, dans la cuisine ? répondit-elle.

– La grâce du Seigneur est partout.

– Non, je ne veux pas me confesser.

– Il n'y a rien que tu aies envie de confesser, Maria, tu es sûre ?

– Vous savez ce que je pourrais confesser ? » demanda-t-elle.

Stop ! Là je dois faire une pause. – Cette conversation entre ma grand-mère et le curé a fait l'objet de bien des spéculations dans notre famille. Chacun avait son histoire prête, personne ne savait exactement comment ça s'était passé. Mon oncle Lorenz par exemple soutenait que sa mère avait cloué le bec au curé. Je pense que c'était sa version parce que, à sa place, il lui aurait cloué le bec. Il partageait l'avis de son père : un type de ce genre était une créature inutile, un bon à rien. Oncle Heinrich racontait que sa mère avait pleuré, seulement pleuré. Il se souvenait que maman – lui seul a continué adulte à appeler Maria « maman », les autres parlaient d'elle en disant « ma mère » – que maman pleurait du matin au soir à l'époque. Elle avait donc pleuré aussi pendant la visite du curé. Lui, Heinrich, soupçonnait que le curé avait vu dans ses pleurs un aveu de sa faute. Tante Kathe se rappelait que le curé, un type particulièrement désagréable dans son souvenir, avait piqué une gueulante, voué sa mère à l'enfer et voulu la forcer à reconnaître que l'enfant dans son ventre était d'un autre homme, pas de son mari, alors sa mère avait mis l'homme d'Église à la porte. D'où sa cruelle vengeance.

Tante Kathe m'a aussi raconté autre chose : Walter,

le petit, qui avait tout juste six ans, avait couru derrière le curé et l'avait intercepté en bas à la fontaine, oui, il l'avait intercepté, attrapé par sa soutane noire et lui avait hurlé, si fort que les autres là-haut, à l'intérieur de la maison, l'entendirent :

« Tu es un sale type ! Tu iras en enfer ! »

Le lendemain, le curé était de retour, pas seul cette fois, cette fois il était accompagné d'un gars à qui il commanda d'aller chercher l'échelle dans la grange, de monter dessus et de détacher le crucifix à côté de la porte d'entrée, avec un ciseau à bois. Dans la maison, Maria était tapie dans le noir avec ses enfants, ils se serraient tous les uns contre les autres sur le lit, même Lorenz s'était blotti près de sa mère, lui aussi avait peur. Même si les uns et les autres ne croyaient pas à cent pour cent au ciel et à ce qui est là-haut, ils voyaient qu'un nouveau danger venant d'en haut s'ajoutait maintenant aux dangers sur la terre.

« Tu n'aurais pas dû lui courir après et lui dire qu'il irait en enfer, murmura Heinrich.

– Mais je le sais, qu'il ira en enfer, murmura Walter.

– Nous ne savons rien de l'enfer ni les uns ni les autres, murmura Maria.

– Moi si », dit Walter, buté.

La nouvelle se répandit et personne n'ignorait plus désormais que Maria attendait un enfant, ni les calculs dont les résultats étaient tous et incontestablement défavorables à Maria. Il y eut des commentaires méchants.

Les Fâcheux les accumulaient, tout de même. Les petites affaires du père, dont personne ne savait rien de plus précis. La beauté insolente de sa femme. Le traitement de faveur du père en tant que soldat, puisque primo il était toujours vivant, et deuxio il avait déjà bénéficié de deux permissions. Le don plus que bizarre de Lorenz pour le calcul mental, qui faisait même de l'ombre au maître d'école, Lorenz était soi-disant capable de multiplier mentalement deux nombres à trois chiffres en un temps record. Plus personne ne croyait à la magie, mais à tous les coups il fallait l'envisager.

Le maire fut interrogé sur les Fâcheux. Il ne dit rien. Il était quand même très lié à Josef avant la guerre. Rapport aux petites affaires. On savait aussi qu'il prélevait sur sa propre table pour les nourrir. Et on était en droit de douter que ce fût seulement par amour du prochain. Josef le tenait peut-être à sa merci. Rapport aux petites affaires. Il fallait qu'il dise enfin de quoi il retournait.

« Je ne m'exprimerai pas sur ce sujet, dit-il.

– Et pourquoi pas ?

– Parce que, crétin !

– Parce que tu en sais davantage ?

– Parce que je ne m'exprimerai pas là-dessus, crétin ! Vous êtes une sacrée bande de faux jetons ! Un ramassis de serpents venimeux ! Tout ce village n'est qu'un tas de merde ! Vous ne valez pas les raclures du crachoir de Josef, tous autant que vous êtes ! »

L'histoire de Walter poursuivant et interceptant le curé, tante Kathe me l'a racontée hélas bien longtemps après la mort de son frère. Je dis hélas parce que j'aurais aimé l'en féliciter. Je pense volontiers à lui. Il était le plus drôle de la famille. On affirmait que les femmes l'aimaient, le désiraient, lui pardonnaient tout, et qu'il avait toutes celles qu'il voulait. À mes yeux ce n'était pas un bel homme. Il se peut que l'idéal ait changé avec les années. Il était grand, large d'épaules et avait une silhouette athlétique sans pratiquer aucun sport – la peau fine semée de taches de rousseur, les cheveux roux, les bras poilus, un duvet blanchâtre et mousseux sur la poitrine et le dos des mains. Il travaillait moins que ses frères, picolait beaucoup. Il prit une femme rondelette avec un beau visage, qui bientôt devint très grosse. Alors elle cessa de lui plaire. Ils avaient cinq enfants et vivaient dans une maison sans crépi. Il craqua pour une fille qui faisait le trottoir. Il trouvait ça idéal. Il n'avait jamais de comptes à rendre. Sa femme légitime prit un amant qu'elle allait voir souvent et sans se cacher, il était représentant de commerce et se trouvait très à son aise avec la grosse femme. C'est elle qui m'a appris le fox-trot. Quand oncle Walter en a eu marre de sa prostituée, il l'a refilée à son frère cadet Sepp. Qui l'a épousée.

Entre eux les frères ne parlaient jamais du passé. Ils

étaient des hommes sortis de nulle part et qui dépérirent quand il n'y eut plus rien à espérer.

À l'école, Katharina apprenait deux fois plus, deux fois plus vite, deux fois mieux, et le maître la respectait. Il disait à ses camarades de classe que Katharina n'y pouvait rien si sa mère était une traînée.

« Il l'a dit comme ça, texto », m'a raconté tante Kathe en crachant et sifflant, et on n'aurait pas cru entendre jurer une quasi-centenaire, on aurait dit la colère d'un enfant : « Le chien crevé ! Il a dit devant toute la classe que notre maman était une traînée ! J'espère qu'il grille en enfer ! »

Elle était debout devant toute la classe quand le maître avait parlé ainsi de sa mère. Katharina n'osa pas lever les yeux. Ses camarades, garçons et filles, ne voulurent même plus la frôler. Au vestiaire, ils laissaient au moins un crochet vide entre sa veste et leurs manteaux. Elle avait une amie qui lui glissait en douce de la brioche tressée et lui écrivait des petits mots où elle disait qu'elle la soutenait mais ne pouvait pas le montrer.

C'était la dernière année pour Heinrich, ensuite il quitta l'école. Il avait toujours été très discret en classe et l'hostilité qu'il subissait lui aussi le blessait profondément.

Maria portait Walter dans ses bras, même s'il était déjà beaucoup trop lourd et serait bientôt officiellement écolier, elle sautait dans la cuisine avec lui, à faire tinter la vaisselle dans le placard, elle espérait faire une fausse couche, mais il était trop tard. Elle croyait savoir qu'elle attendait une fille parce qu'elle n'avait pas de nausées. Elle n'avait eu de nausées que pour les garçons. Pour Katharina elle avait eu des vertiges, mais pas de nausées. Comme si une fausse couche pouvait mettre fin aux rumeurs.

En juillet elle envoya Lorenz chez sa sœur, lui dire qu'il fallait absolument qu'elle vienne la chercher, c'était une question de vie ou de mort. Lorenz partit à quatre heures du matin, à midi il était chez sa tante, l'oncle attela la voiture, et le soir même Maria était chez sa sœur. Entre de bonnes mains. Enveloppée dans des linges. Abreuvée de thé chaud. Avec un morceau de chocolat sur l'assiette. Lorenz, Katharina, Heinrich et Walter restèrent seuls à la maison. Maria donna naissance à une petite fille. Elle fut baptisée à L., ondoyée par la sœur de Maria parce que le curé avait refusé. L'enfant fut baptisée du nom de Margarethe. Une semaine plus tard, Maria était de retour à la maison.

La troisième année de la guerre, plus personne ne vivait bien. L'adjoint et sa mère n'avaient plus grand-chose à offrir. Plus rien, en vérité. Des pommes en été. Une fois des cerises, mais des cerises Maria en avait aussi quelques-unes. Il se sentait tellement honteux qu'il n'osait plus monter la voir. Elle alla le trouver. Il fit dire qu'il était absent. Dès lors elle cessa d'aller au village. Un jour on frappa à la porte, dehors il y avait un homme et une femme, lui avec un chapeau enfoncé sur la tête, elle cachée sous son foulard, sur le moment elle ne les reconnut ni l'un ni l'autre en écartant le rideau de la cuisine, elle craignait de se faire insulter, accuser, maudire et n'ouvrit pas, elle s'assit sur le sol de la cuisine pour n'être pas vue au cas où l'homme ferait la courte échelle à la femme, elle attira à elle la petite Grete et lui fit signe de ne pas faire de bruit, ce qui n'aurait pas été nécessaire. Il s'avéra plus tard que c'étaient des gens bien intentionnés, qui voulaient juste dire à Maria qu'ils la tenaient pour une femme honorable et ne se laissaient pas monter contre elle par le curé.

Un jour le curé demanda du haut de sa chaire où étaient passés les Fâcheux qu'on voyait toujours assis sur le dernier banc. Mais tout le monde au village ne cautionnait pas le cirque du curé avec sa morale. Un homme, personne ne sut par la suite de qui il s'agissait, s'écria en plein milieu du sermon : « Maintenant ça suffit ! Terminé ! » Il y en eut même un autre qui ne cria pas, mais chuchota que le curé n'avait qu'à fermer sa gueule. Josef et Maria étaient des gens d'ici, le curé, lui, venait d'on ne sait où.

Ils avaient faim, et maintenant ils étaient six, sans compter le père.

La petite Grete était facile. Elle pleurait rarement, ne

faisait pas la folle. Elle préférait rester près de sa maman. Maria la soulevait sur sa hanche, où elle se cramponnait, ou bien la prenait sur ses genoux, ouvrait sa veste en laine et enveloppait le dos et la tête de l'enfant.

« C'est ta petite maison », disait-elle.

Pour Katharina, Grete était une poupée. Elle se laissait faire. Elle souriait gentiment et regardait ses frères et sœur dans les yeux. Walter fabriqua un chapeau de Napoléon avec du papier journal, le lui posa sur le crâne, lissa et arrangea ses cheveux. Heinrich sculpta dans un long bardeau du toit un bâton avec une tête de capitaine sur le devant, il était habile pour ce genre de choses, et il le mit dans la menotte de Grete. Elle était assise au milieu de la table de cuisine, sérieuse, tranquille, gentille. Katharina demanda à sa maman si elle pouvait emprunter le beau tissu rouge, elle ne couperait pas dedans, c'était pour faire un manteau royal pour Grete. Elle mit deux coussins à gauche et à droite de l'enfant sur la table de cuisine, et un troisième dans son dos. Ça faisait le trône. Elle drapa l'étoffe pardessus. Maria l'avait conservée dans l'idée de s'en faire une robe un jour ou l'autre. On ne se coud pas une jolie robe quand on n'a guère plus que des pommes de terre et de la bouillie de farine à mettre sur la table. Et puis le tissu était un cadeau du maire, elle n'aimait pas y penser.

« Tu es notre reine », dit Katharina. Grete n'avait pas trois ans. « Dis : Je suis une reine !

– Reine, dit Grete.
– Dis : La reine Grete.
– Reine Grete.
– Elle l'a répété ! » cria Katharina à sa mère, elle exultait.

La reine Grete était ma maman. Elle ne voulait pas du tout être reine, elle ne voulait pas se faire remarquer, elle voulait être invisible. Quand je pense à elle, je la revois allongée sur son lit en train de lire un livre. Elle est allongée sur le canapé dans la salle de séjour, son édredon en plumes est un nuage au-dessus de son corps. Elle était malade, elle était presque toujours malade. Elle est sans arrêt à l'hôpital parce qu'on lui a retiré un morceau, elle devient de plus en plus maigre. Nous n'allions pas la voir à l'hôpital, c'était trop loin pour nous. Elle ne faisait pas la cuisine, à part du pudding au chocolat avec un morceau de beurre. Nous habitions dans une maison de repos pour victimes de guerre, notre père était invalide, il avait eu une jambe gelée en Russie. Assis dans un camion. Il était l'administrateur de la maison de repos, il recevait un salaire et nous étions logés gratis. Une cuisinière préparait les repas pour les victimes de guerre et pour nous. Comme chez les messieurs-dames.

Ma mère était allongée sous son nuage et lisait un livre. L'auteure s'appelait Sigrid Undset et la photo de couverture montrait une femme avec une tresse de cheveux autour de la tête. Elle a l'air jolie, un peu ronde, mais les femmes étaient comme ça autrefois, disait notre mère. La première phrase du livre mince était : « J'ai trompé mon mari. » Je l'ai retenue. Ma mère lit à voix haute, et nous ne comprenons pas grand-chose à l'intrigue. Ma sœur a neuf ans, moi sept. Quoi qu'il se passe autour d'elle, ma mère laisse faire, rien ne la dérange, c'est comme si elle n'était pas là.

J'ai lu dans une documentation : *Le 23 octobre 1956 éclata en Hongrie le premier soulèvement d'un pays d'Europe de l'Est contre la domination soviétique et le communisme. L'intervention des chars soviétiques transforma à une vitesse fulgurante le soulèvement en un combat pour la liberté et l'indépendance nationale.*

La maison de repos des victimes de guerre accueillit des réfugiés hongrois. Tout était occupé par plusieurs personnes, chaque chaise, chaque lit, des familles entières se serraient dans les mêmes lits. Il fallait profiter de la moindre petite place. Trois cuisinières s'affairaient dans la cuisine. De l'eau bouillait pour les pâtes, la graisse giclait, les filles de cuisine épluchaient les légumes et lavaient la salade. Tous les matins, un gros camion stationnait devant la maison, on déchargeait des victuailles qu'on portait à la cave. Mon père était là avec son bloc-notes et enregistrait toutes les livraisons.

Notre famille, qui occupait royalement cinq pièces,

fut relogée dans deux, il n'y avait pas de cuisine pour nous, les repas arrivaient par le monte-plat, nous allions chercher les plats et les posions sur notre table. Ça ne peut pas être bon, disait ma mère, faire à manger pour autant de gens, ça s'apprend, et notre personnel était occasionnel. Je dis « notre personnel », comme s'il était là pour nous.

Des hommes, des femmes et des enfants étaient assis dans les couloirs, on voyait des ballons aller et venir. Nous regardions de notre porte, curieux mais sans oser sortir. Un sentiment d'étrangeté. Tout était étranger. Les hommes hongrois portaient des pantalons de survêtement, assis là ils avaient l'air d'attendre que leur match commence. Ça sentait les habits pas lavés et la fumée de cigarette. Notre mère en souffrait. Elle allumait des bougies, puis les éteignait. Elle mettait à sécher des branches de sapin, et quand elles ne contenaient plus d'humidité elle craquait une allumette. Elle aimait le parfum des aiguilles de sapin fraîches ou brûlées.

J'ai trouvé dans ma boîte à souvenirs une photo – je suis au milieu, entre deux filles de ma classe, toutes les trois en maillot de bain. J'étais du même âge que les deux autres, mais la plus petite. C'était l'époque où ma mère était le plus souvent à l'hôpital, et je pensais à elle pendant qu'on nous photographiait. Nous n'étions pas au courant de son état, nous ne savions pas qu'elle mourrait bientôt, et quand elle est morte nous ne pouvions pas y croire. Des étrangers nous caressaient les cheveux en disant : « Ah, vous voilà quatre demi-orphelins, mes pauvres ! » C'était très désagréable. Nous étions allés la voir à l'hôpital, elle avait l'air pleine de vie, elle était même carrément euphorique. Bientôt elle avait eu mal au cœur et on nous avait fait sortir de la chambre. Je sais maintenant que c'était la morphine.

On a fait une collecte dans notre classe, deux schillings cinquante par écolier pour l'achat d'une couronne, pour moi ce fut un supplice, j'aurais voulu sauter par la fenêtre pour ne pas avoir à vivre ça. Je serais morte et je l'aurais rejointe au ciel.

Quand Grete est morte, ses frères et ses sœurs vivaient encore, la reine Grete a été la première. Et quand c'est arrivé, ce fut comme si le monde s'écroulait, pour ses sœurs et ses frères, et pour nous aussi, ses enfants, mes deux sœurs et mon frère, c'était comme si nous n'avions pas su qu'elle était très malade, comme s'il n'existait pas de maladie qui conduit à la mort, comme si la mort n'existait pas. Je n'oublierai jamais cette journée : une amie m'a parlé de son chien, qu'on venait de lui offrir. Elle voulait absolument me le montrer. Tout de suite. Séance tenante. Il a fallu que je l'accompagne d'abord chez elle, que j'admire le chien, avant de rentrer chez ma tante pour le déjeuner. Mes sœurs et moi habitions à l'époque chez ma tante parce que notre mère était à l'hôpital. Il y aurait des pommes de terre au sel avec des carottes et un morceau de viande de bœuf qui avait d'abord cuit dans la soupe, qui était tout desséché et dont les fibres se coinçaient entre les dents. C'était un samedi. Quand je suis arrivée à la maison j'ai vu ma sœur se taper la tête contre le mur, tante Kathe pleurait dans son assiette, je ne savais pas ce qui s'était passé. C'est là, oui, qu'elles me l'ont dit, à voix basse. Notre mère était morte. « Grete est morte. »

Et puis ce fut de nouveau l'hiver. Et ils n'avaient plus rien. Pas même la couenne de lard suspendue au plafond de la cuisine. Les dernières pommes de terre n'étaient plus mangeables.

Dehors il neigeait. Il neigeait si fort que de la cuisine on ne voyait même pas jusqu'à la fontaine. Lorenz rentra de l'école. C'était l'après-midi. Il secoua la neige de ses cheveux et déposa son cartable dans la cuisine. Salua en silence sa mère qui avait Grete sur les genoux comme toujours. Katharina faisait ses devoirs avec Walter. Lorenz alla dans l'étable, dit à Heinrich de le laisser faire, d'aller à la maison et d'emporter du bois de chauffage. Heinrich ne contredisait plus son frère désormais. Il siffla le chien et disparut avec lui. Sans poser de question. Lorenz attendit. En battant la semelle pour se réchauffer. Il attendit jusqu'à ce que le crépuscule descende de la montagne. Puis il fit ce à quoi il avait réfléchi dans le moindre détail pendant la nuit. Il s'était préparé, le matin il avait déposé dans la grange une deuxième paire de grosses chaussettes ainsi que les gants épais de son père, une deuxième chemise et le caleçon long qu'il ne portait jamais sinon, il trouvait que les caleçons longs faisaient pétochard, il n'avait pas d'autre mot pour dire ça. Dans la grange il enfila tous ces vêtements, y compris la casquette avec les protège-oreilles molletonnés qui appartenait aussi à son père. Il s'assit sur le timon de la charrette à bras pour mettre les chaussures de montagne de son père, qui étaient encore trop grandes pour lui, mais plus tellement, avec la deuxième paire de chaussettes elles lui allaient. Pour finir il passa les bras dans les bretelles du grand sac à dos qui sentait le moisi et ne servait pas, parce qu'on n'aurait trouvé nulle part de quoi le remplir, les petits sacs suffisaient. Puis il sortit de la maison en enfonçant dans la neige, descendit à la fontaine en suivant le fossé étroit creusé par les pas et gagna le chemin dégagé par le chasse-neige. Il le suivit et entra dans le village, tête baissée contre les flocons qui tombaient du ciel, il traversa le village jusqu'à la dernière ferme à l'autre bout. Il sifflait tout haut en marchant, chanta même plusieurs couplets, il n'y avait personne dehors à cette heure, et s'il y avait eu quelqu'un Lorenz l'aurait salué, presque avec ostentation, c'est ce qu'il avait prévu. On se souviendrait de lui comme d'un gars occupé à tout autre chose qu'à faire un coup en douce. Le voilà bien joyeux aujourd'hui, le Lorenz des Fâcheux, penserait celui qui le croiserait. Un gars joyeux est inoffensif. Personne ne le croisa. Nul ne quittait la cheminée avec cette tempête de neige. Peut-être quelqu'un regardait-il par la fenêtre. Quelqu'un regardait sûrement par la fenêtre. Eh bien il le verrait, inoffensif, joyeux malgré le temps.

Dans la dernière maison à l'autre bout du village habitait un camarade de classe, le seul avec lequel Lorenz parlait de temps à autre. À vrai dire, il l'appréciait, mais mon oncle Lorenz avait déjà acquis à cette époque la ferme conviction d'être un gars qui ne fréquente personne et qui par conséquent ne s'autorise pas à apprécier quiconque. Pas même Emil. Alors qu'il l'appréciait plutôt. Il l'aidait à faire ses devoirs de calcul et le tira d'affaire plus d'une fois en lui améliorant sa note. Quand il atteignit la porte de la maison il faisait nuit. Il frappa avec l'anneau de fer.

La mère d'Emil ouvrit. Lorenz ôta vite sa casquette. Pour qu'elle le reconnaisse tout de suite sans avoir à poser la question et qu'elle n'ait pas peur.

« Qu'est-ce que tu veux ? » demanda-t-elle sans prononcer son nom.

Il trouva ça impoli. Une bouffée de colère lui monta à la gorge, mais il l'arrêta au niveau de la pomme d'Adam. Il avala et se donna l'air aussi léger qu'il pouvait. Il ne retrouvait pas son livre de lecture, dit-il, Grete avait dû le lui paumer, la petite paumait tout, il le retrouverait sans doute demain, mais ce serait sûrement après l'école, et demain à l'école il devait lire deux pages à voix haute et il n'était pas très bon en lecture, hélas, l'un était bon en calcul, un autre en lecture, il aurait préféré être bon en lecture… etc., etc. Il dit ce qu'il avait prévu pendant la nuit et récité dans sa tête. C'était de la lèche qu'il faisait là, mais c'était exactement ce qu'il avait prévu, c'était une tactique. Il connaissait la mère d'Emil, il savait qu'elle l'admirait pour ses dons en calcul, mais qu'elle le jalousait aussi parce que son Emil était faible précisément dans cette matière. Aussi estimait-il que s'il faisait semblant de son côté d'être jaloux d'Emil pour ses dons en lecture, ça lui ferait du bien.

« Je voulais demander à Emil de me prêter son livre de lecture jusqu'à demain. »

Ce qu'on racontait sur la famille de Lorenz n'était pas joli joli, bien au contraire. Certains y croyaient, d'autres n'y croyaient pas. Certains y croyaient, mais ils en avaient assez malgré tout de ce curé qui se comportait comme s'il était le seigneur de Notre-Seigneur. Les enfants des Fâcheux allaient à l'école, seulement quand ils voulaient, d'accord, seulement quand ça leur convenait, d'accord. C'était critiquable, soit. Maria ne s'occupait à peu près de rien. Et puis on ne la voyait plus jamais au village. C'était de l'orgueil. Le père d'Emil faisait chaque fois la leçon à sa femme, elle devait refréner son imagination, que savait-elle en vérité, et si la mère des Fâcheux était plus belle que toutes les autres femmes, toutes sans exception, ce n'était pas une raison pour être méchante. Mais ça pouvait quand même être une raison pour parler d'elle, lui rétorquait sa femme.

N'empêche qu'elle non plus n'aurait pas fait enlever la croix de la façade.

« Attends », dit la femme à Lorenz.

Encore une fois sans prononcer son nom ni le prier d'entrer, ce qu'il ressentit comme une nouvelle impolitesse. Comme une vacherie. On lui fermait la porte au nez. Il neigeait si fort qu'une fourrure blanche s'était déposée sur ses cheveux les quelques minutes où il avait ôté sa casquette. On n'aurait pas laissé un mendiant dehors. Il était gelé et frappait ses chaussures l'une contre l'autre. Emil passa la tête à la porte et lui donna le livre et une pomme. Le chien, une bête au poil clair, fourra son museau entre le genou d'Emil et le montant de la porte pour sortir, il laissa Lorenz le caresser, un chien docile, qui n'était bon à rien. Lorenz fourra le livre dans sa ceinture, rabattit son pull en laine pardessus et s'en alla.

Il alla son chemin. S'ils me regardent, ils verront que je prends le chemin normal. Le milieu de la trace. On ne voyait déjà plus ses pas, la neige les avait recouverts. Quand il fut hors de vue, c'est-à-dire avant d'atteindre les maisons de plus en plus serrées en allant vers le centre du village, il escalada la clôture au bord du chemin. On la voyait à peine car elle disparaissait sous la montagne de neige que le chasse-neige avait déversée. De la clôture, il sauta de l'autre côté et s'enfonça jusqu'à la poitrine. Il progressa à grand-peine à travers le champ qui montait en direction de la forêt, en été il n'aurait pas mis cinq minutes, à présent il lui fallut un bon quart d'heure. Il fit le dernier tronçon à quatre pattes et pénétra dans la forêt. Elle était dense à cet endroit-là, et la neige peu abondante entre les troncs. Il dut reprendre son souffle, s'agenouilla au sol, tapota la neige de ses vêtements, secoua sa casquette et ses gants. Puis il retourna à travers bois jusqu'à la maison où habitaient Emil et sa famille. L'étable et la grange étaient bâties sur l'arrière. De la salle de séjour on ne pouvait ni voir ni entendre ce qui se passait à l'étable ou dans la grange.

Il n'y avait pas plus de dix mètres à faire entre la lisière de la forêt et l'étable. Mais dans une cuvette où la neige s'était accumulée. Dès le deuxième pas, Lorenz dérapa et fut englouti. Quand il se releva, il était toujours sous le manteau neigeux. Il eut un instant d'effroi, de panique même à l'idée qu'il allait étouffer. Il fit de grands moulinets avec les bras comme s'il nageait. La neige pénétrait entre sa casquette et son col, le froid lui brûlait le visage, il continua ses mouvements de brasse, se débattit, retint son souffle, et sa tête émergea enfin. Je ne réussirai jamais à revenir, songea-t-il. Il continua à progresser à grand-peine jusqu'à la grange. Sous l'avant-toit, il secoua la neige de ses vêtements, de sa casquette et de ses gants. Il était épuisé, ne sentait plus ses jambes, c'était comme s'il n'avait plus rien au-dessus des pieds. Et ses poumons lui faisaient mal. Il aurait bien juré, mais il n'osa pas, il se connaissait, quand il commençait à jurer il perdait le contrôle.

C'est alors qu'il entendit au-dessus de lui : « Tsi-tsi-tsitsi ! »

Un pinson était posé sur le toit bas de l'étable. Il ne le voyait pas. Il reconnaissait chaque oiseau à son chant. « Rentre à la maison, sinon tu vas geler ! » chuchota-t-il.

Un écureuil sautilla devant ses pieds, il sortait de la grange.

« Rentre chez toi, sinon tu vas geler ! » dit-il aussi à la petite bête.

La pente en dessous de la forêt étincelait sous la neige qui tombait. On ne voyait aucune trace. Il n'avait pas envisagé qu'il devrait nager sous le manteau neigeux, à présent il pensait que c'était une bonne chose. Personne ne découvrirait aucune trace. Personne ne l'accuserait. Voici comment mon oncle Lorenz avait préparé son coup la nuit précédente, couché dans son lit à côté de son frère Heinrich. Si je vais chez Emil, très officiellement, se disait-il, et que je flatte sa mère, il ne viendra à l'idée de personne que le voleur puisse être Lorenz Moosbrugger. Parce que personne n'aurait un tel culot. Même un Fâcheux ne serait pas culotté à ce point. Si je ne fais rien, dès qu'ils constateront qu'un vol a été commis chez eux, ils penseront aussitôt, c'est un des Fâcheux, c'est Lorenz. Même si ce n'était pas moi, ils le penseraient. L'histoire du livre de lecture était une manœuvre de diversion. La flatterie est le meilleur moyen de détourner l'attention de quelqu'un. Mon oncle Lorenz était fier de son idée. Il en a ri jusqu'à sa mort, m'a raconté ma tante Kathe.

Il s'introduisit dans la grange, de là gagna l'étable, puis de l'étable la cave de la maison. Il y avait des morceaux de lard suspendus au plafond, des roues de fromage empilées sur des étagères, les habitants avaient fait des réserves, ils avaient de quoi, il y avait là des conserves maison, des poires, des pommes, des bocaux de chou, des bocaux de potiron, des bocaux de viande, de la compote de quetsches, de la compote de cerises. Il fourra dans son sac à dos tout ce qu'il put attraper. Jusqu'à ce que le sac soit si lourd qu'il arrivait à peine à le soulever. Puis il rampa dans son tunnel sous la neige, traversa la cuvette et remonta jusqu'à la forêt, une fois dans le bois il avança parallèlement à la rue du village, traînant son sac à dos, contraint de s'arrêter à chaque instant pour reprendre son souffle. En haut, là où cessait le chemin tracé et où commençait la montée vers leur maison, il creusa un trou dans la neige qu'il tassa avec ses pieds et y déposa son butin. Puis il retourna vers la forêt avec son sac vide, à travers la neige épaisse, et refit le même trajet en sens inverse, jusqu'à se retrouver à l'aplomb de la maison d'Emil.

À cinq reprises cette nuit-là Lorenz s'introduisit dans la maison des parents d'Emil. Il vida leur garde-manger, ne leur laissa pas un bocal de conserve. Il prit le fromage, le saucisson, le pain. Pendant ce temps il neigeait et le ciel effaçait les traces. À son dernier passage, il fourra trois poules dans son sac. Il leur avait déjà construit un cabanon dans l'étable derrière les vaches quelques jours plus tôt. Quand il eut enfin terminé, il était deux heures du matin. Il se serait coincé les doigts qu'il ne l'aurait pas senti. Il ne réussit même plus à aller jusqu'à son lit. Il se coucha sur le plancher de la cuisine. Tout habillé. Sa casquette molletonnée sur la tête, les mains dans ses deux paires de gants, les chaussures de montagne de son père aux pieds.

Mais il ne sécha pas l'école le lendemain. Au petit matin il ne raconta pas à sa mère où il était allé ni ce qu'il avait fait. Et Maria ne lui posa pas de questions. Elle faisait entièrement confiance à son Lorenz. Tout ce qu'il faisait, il le faisait pour améliorer la vie des siens. Il lui demanda si elle voulait bien repasser le livre de lecture, il était tout froissé et n'était pas à lui, il devait le rendre aujourd'hui. Elle remplit le fer de braises, posa un torchon sur le livre, après ça il était comme neuf.

Après l'école, Lorenz commanda à ses frères et sœur de l'aider, d'aller chercher tout ce qui était au fond du trou dans la neige. Lorenz avait aussi prévu des cachettes dans la maison. Au cas où quelqu'un penserait que l'auteur du cambriolage chez les parents d'Emil était un des Fâcheux. Mais l'idée ne vint à personne, ou alors, si ce fut le cas, on craignait tellement la détermination des

Fâcheux qu'on préféra tenir sa langue et regarder ailleurs.

Son frère lui avait dit un jour qu'il n'avait rien vécu de plus beau de toute sa vie que la façon dont sa mère l'avait regardé ce jour-là, m'a raconté ma tante. Ce jour-là avait été le plus beau jour de sa vie. Et jamais sa mère n'avait été aussi belle que ce jour-là. Et jamais de sa vie il n'avait été plus heureux que ce jour-là. Il était resté tout l'après-midi allongé sur la banquette du poêle et il avait dormi. Une poule avait une aile cassée, Maria l'avait décapitée, plumée et mise au pot. Elle avait enveloppé les pieds de son fils endormi dans une serviette chaude et l'avait couvert. Le soir il y avait eu un festin. Lorenz n'avait plus rien à apprendre, il savait comment survivre. Personne n'avait intérêt à le chercher, personne.

En novembre 1918, la guerre était finie. Mais Josef ne rentra à la maison que pour Noël. Le maire n'était plus maire. Il n'y avait plus de maire. Personne au village ne savait trop comment s'exerçaient les compétences de l'État. Tout le monde était devenu maigre. Les soldats qui revenaient avaient les cheveux blancs, y compris des gars qui n'avaient pas trente ans.

Josef alla trouver le maire.

« Qu'est-ce qu'il y a de vrai dans ce qu'on raconte ? » demanda-t-il.

Josef n'avait pas blanchi, il avait une barbe noire jusqu'à mi-poitrine et une tête à faire peur. Des yeux aussi creux que des coquetiers vides avec un point incandescent au fond, on n'avait encore jamais vu ça. Il avait dit bonjour aux enfants et n'avait pas regardé sa femme. Il n'avait pas regardé Margarethe. Il s'était assis dans la fontaine et s'était frotté avec une grande brosse qu'il avait rapportée. Il avait aussi apporté des vêtements propres, des vêtements civils, une chemise à carreaux, moelleuse, en fine flanelle, neuve, un pantalon en velours côtelé, neuf lui aussi, avec une ceinture en cuir marron, une veste italienne à chevrons, neuve également. Tout était neuf. Il avait autour du cou une cravate assortie à la chemise à carreaux, comme si les deux pièces avaient été choisies ensemble et par une main experte. Le sac à dos aussi était neuf, pas un sac ordinaire en lin, un sac en cuir. Qui lui avait donné tout ça, où l'avait-il acheté et si c'était le cas, avec quel argent, personne ne lui posa la question et de lui-même il ne le dit à personne. Il descendit au village tel un homme neuf et alla trouver le maire. « C'est vrai ou pas ?

– Quoi ?

– Tu sais très bien ce que je veux dire. Ce qui a poussé le curé à démonter la croix. Voilà quoi !

– C'est vrai ou pas, quoi ? Tu tournes autour du pot, Josef, tu n'as même pas le courage d'exprimer ce que tu penses ?

– Que la mioche n'est pas de moi. Voilà ce que je pense.

– Qui dit ça ?

– C'est vrai ou c'est pas vrai ?

– Tu veux savoir une chose, dit l'ancien maire qui n'était plus que Gottlieb Fink désormais. Moi aussi, je veux savoir une chose. Comment va-t-on faire ? On va répondre chacun à la question de l'autre, ou pas ? Alors, qui dit ça ?

– Un type est venu me trouver, à Innsbruck, et me l'a dit. Je ne le connaissais pas. Il a dit que tout le monde le savait. Même lui le sait. Il n'a rien à voir avec nous. Et même lui le sait.

– Et de qui serait-elle, la petite Grete ? Tu ne peux pas l'appeler au moins par son nom ? Elle ne t'a rien fait. De qui serait-elle ?

– Je te le demande. C'est précisément ce que je te demande, le maire.

– Je ne suis plus le maire. Je suis Gottlieb Fink et c'est tout.

– Alors je pose la question à Gottlieb Fink. Est-ce que la mioche est de moi ?

– Même si tu reviens de guerre, Josef, et même si c'est un fait que la guerre ne rend pas les hommes meilleurs mais tout le contraire, et même si Margarethe est une enfant et rien de plus, elle est quand même un être humain et elle a un nom, et j'aimcrais bien qu'en ma présence tu ne l'appelles pas la mioche, mais par son nom. Son nom est Margarethe et on l'appelle Grete. »

C'est ainsi que j'imagine – que j'ai envie d'imaginer – le dialogue entre Gottlieb Fink et Josef Moosbrugger. Tante Kathe a survécu à tous ses frères et sœurs, et j'ai différé mon enquête jusqu'au moment où il n'est plus resté qu'elle. Je n'aurais d'ailleurs jamais employé ce mot. C'est tante Kathe qui l'a dit – qui a parlé d'une « enquête ».

« Tu veux venir me voir pour pouvoir mener ton enquête ? » m'a-t-elle demandé au téléphone.

Alors j'ai dit : « Oui. Je veux mener mon enquête. Il n'est pas interdit de chercher à savoir d'où l'on vient. » Est-ce que je pouvais venir la voir ?

Une fois qu'elle s'est décidée à parler, elle m'a fait un récit très vivant. Vraiment vivant. Je veux dire, au sens propre. Elle a fait comme si les gens dont elle parlait vivaient encore, et pas seulement ça : elle a fait comme s'ils étaient présents, ici et maintenant, en train de dialoguer dans sa cuisine du lotissement des Sud-Tyroliens.

J'ai demandé : « Qu'a dit mon grand-père quand il est revenu de guerre et qu'il a vu la petite Grete, ma mère ? »

Alors tante Kathe : « Ce qu'il a dit ? Qu'est-ce qu'il aura dit ? Il n'a rien dit. Il est descendu au village et il est allé trouver le maire.

– Et qu'est-ce qu'il a dit à Fink ? »

Tante Kathe : « Ce qu'il a dit à Fink ? C'est vrai ou pas ce qu'on raconte ? Voilà ce qu'il aura dit.

– Et Fink, il a dit quoi ?

– Ce qu'aura dit Fink ? Il aura dit : Et qu'est-ce qu'on raconte ? Je ne peux pas l'imaginer disant autre chose. Et là, papa aura dit quoi ? Il aura dit : Que la mioche n'est pas de moi. Et Fink aura dit : N'appelle pas cette enfant la mioche. Cette enfant s'appelle Margarethe, Grete. Il faut que tu réapprennes ça, Josef, au retour de la guerre. Voilà comment Fink aura parlé, je ne peux pas imaginer autre chose… »

Ma tante Kathe a développé devant moi ce dialogue entre Josef et Gottlieb Fink. Non pas comme si elle y avait assisté. Mais comme s'il avait lieu à l'instant. C'était sa manière. C'est ce que j'entends par « vivant ».

Un gros, un très gros mensonge a été énoncé au cours de ce dialogue. Tante Kathe était certaine qu'un pareil mensonge ne peut pas être prémédité, le diable vous l'inspire sur le moment.

Elle ne savait pas ce qui était passé par la tête de Gottlieb Fink, m'a dit tante Kathe. Au cours de cet échange qui se poursuivait entre lui et Josef, sur le mode agressif, Josef était agressif, d'abord il était agressif à l'égard de tout et de tout le monde en ce temps-là, juste après la fin de la guerre, c'était le cas de la plupart des soldats, mais lui était particulièrement agressif à l'égard de Gottlieb Fink, parce que, si les rumeurs disaient vrai, celui-ci n'avait pas surveillé sa femme. Josef demanda donc des explications à cet homme, et dans les termes les plus vifs – tante Kathe ne pouvait rien imaginer d'autre, disait-elle. Et Gottlieb Fink lui répondit.

« Qu'est-ce que tu crois, Josef, dit Gottlieb Fink, qui avait été maire jusqu'à la fin de la guerre. Qu'est-ce que tu croyais ? Tu t'es dit, je donne un ordre à Gottlieb et il l'exécute. Je n'ai jamais entendu dans ta bouche un s'il te plaît ni un merci, Josef. Monsieur est au-dessus de ça.

– Ne me baratine pas, dit Josef. Je veux juste savoir, juste une chose : y a-t-il eu un Allemand qui est allé voir Maria à la maison ? Oui ou non ?

– Monsieur revient de guerre, poursuivit Gottlieb Fink comme s'il n'avait pas été interrompu, et le voilà qui joue le policier habilité à mener des interrogatoires. Et il parle d'un Allemand. Et ce qu'il veut dire par là, c'est que moi, qui étais maire à l'époque, j'aurais omis de vérifier que tout allait bien. Que j'aurais dû empêcher un Allemand d'aller voir Maria.

– Il est allé la voir ?

– Non », dit le maire. Ce fut le premier mensonge. Il savait pertinemment que le type de Hanovre était monté à la ferme. Il l'avait vu de ses yeux. Il répéta : « Non, il n'est pas monté à la ferme.

– Ça veut dire que cet Allemand n'existe pas ?

– Si, il existe. Mais il n'est pas allé chez Maria.

– Mais c'est lui le père de la mioche, dit Josef.

– Je te le répète », l'admonesta le maire, peut-être même en l'attrapant par le col de son veston neuf, celui à chevrons, « cette enfant ne s'appelle pas la mioche, mais Margarethe, Grete. Et non, l'Allemand n'est pas son père.

– Qui, alors ? »

C'est à ce moment du dialogue que l'idée lui était venue, pensait ma tante Kathe, elle ne pouvait rien imaginer d'autre. Ce fut le gros mensonge. Elle ne pouvait pas imaginer que Gottlieb Fink ait prémédité de dire un aussi gros mensonge. Le diable avait dû le lui inspirer sur le moment.

Gottlieb Fink, l'ancien maire, dit : « L'enfant est de moi. Grete est mon enfant. Margarethe est ma fille. »

Et il enchaîna aussitôt, en maintenant Josef à distance, c'est peut-être à ce moment-là qu'il l'empoigna par le col de son joli veston à chevrons. Et ma tante Kathe, qui toute sa vie a douté que Dieu existe, ne doutait pas que le diable avait aussi inspiré à Gottlieb Fink ce qu'il déclara ensuite.

« Qu'est-ce que tu crois, Josef ? Au lieu de t'agenouiller sur le sol de ta terre natale et de remercier le bon Dieu d'avoir survécu à cette chiennerie de guerre sans y laisser une jambe, un bras ou un œil, tu débarques d'Innsbruck, où je ne sais quel hurluberlu t'a fourré ça dans le crâne, et tu m'accuses. Est-ce que je te demande d'où tu tiens cette veste impeccable ? Et le pantalon impeccable et la ceinture de cuir doublée ? Oui, j'ai l'œil pour ces choses-là. Tu me confies ta femme, très bien. Je suis quoi ? Je suis un bout de bois ? Première nouvelle. Je suis un être humain, et en plus je suis un homme. Et ta femme – je t'avertis, ne va pas lui coller une raclée, même une gifle –, Maria, elle est quoi ? Elle est un bout de bois ? Elle est une femme. Et toi le soldat despotique, toi qui viens de perdre une guerre, tu crois qu'une femme pareille n'est là que pour toi ? On n'aurait même pas le droit de la regarder ? Voilà ce qu'il croit, le soldat despotique qui vient de perdre une guerre. Un mari est un bon mari s'il est capable de veiller sur une femme. J'en suis capable. Pas toi. Même si tu dis maintenant que ce n'est pas ta faute, le fait est là. J'ai levé le poing contre les médisances, mais oui, j'ai le droit de parler sur ce ton. J'ai défendu ta femme, je l'ai défendue contre les méchancetés, et aussi contre la faim, je te prie de ne pas l'oublier. Mais je n'ai pas pu la défendre contre l'homme que je suis. Et maintenant ça suffit, Josef ! Rentre chez toi et conduis-toi comme un mari capable de veiller sur sa famille ! »

Voilà comment les choses ont dû se passer, m'a dit tante Kathe, elle ne pouvait rien imaginer d'autre.

Pendant un certain temps, jusqu'à Pâques peut-être, ou peut-être moins, Maria et Grete dormirent dans le lit conjugal et Josef dans la cuisine, sur la banquette du poêle. Pendant un certain temps, Josef n'adressa pas la parole à Maria. Il ne faisait plus d'affaires avec Gottlieb Fink. En revanche il prenait assez souvent le nouvel omnibus pour aller voir son beau-frère à L... Il n'était pas rare qu'il y passe la nuit. Bientôt il dormit à nouveau dans le lit conjugal. Et il ne disait rien quand Grete était avec eux. Il fallait juste qu'elle n'occupe pas le petit creux dans le mitan du lit. Jamais il ne prononça son nom. Pas une seule fois. Et jamais il ne la regarda, jamais. Jamais il ne lui adressa la parole, jamais. Dans la maison il faisait comme si elle n'était pas là. Aucun des frères et sœur n'osa demander des explications au père, pas même Lorenz. Katharina s'occupait de la petite, mais le plus souvent elle était dans les jupes de sa mère. Bientôt Maria fut de nouveau enceinte. Elle mit au monde une fille qu'elle appela Irma. Maria retournait plus souvent au village désormais. Au magasin elle parlait avec Else et d'autres femmes, et personne n'aurait remarqué de différence entre elle et les autres. L'enfant avait les yeux noirs, et tout le monde disait qu'elle ressemblait beaucoup à sa mère. Maria se taisait parce qu'elle croyait savoir ce qui se disait et ce qu'on pensait. Elle avait juré à Josef sur sa propre vie et celle de ses enfants que Grete était un enfant de lui et qu'il ne pouvait pas en être autrement, à moins que Dieu n'eût voulu expérimenter sur elle une seconde grossesse sans homme après la Vierge Marie. Il ne la crut pas. Elle lui raconta tout. Qu'un homme de Hanovre l'avait abordée à la foire de L. pour lui demander un renseignement. Elle avait parlé avec lui et on l'avait vue, de là était née la rumeur qui avait fait peser une si grande ombre sur tout le village au temps de la guerre. Elle raconta que Gottlieb l'avait harcelée, que c'est tout juste si elle avait pu le repousser mais qu'elle l'avait repoussé. Elle ne dit rien sur Lorenz – ni qu'il l'avait défendue avec la carabine, ni qu'il avait volé pour la famille. Elle voyait à quel point Lorenz craignait son père. Il ne craignait rien ni personne au monde, pensait-elle, sauf son père.

Maria fut à nouveau enceinte, cette fois elle avait des nausées, elle vomissait tous les jours, elle maigrissait, et elle perdait ses cheveux en se peignant. C'était un garçon. Il fut baptisé Josef. Comme le souhaitait son père. Toute sa vie, tout le monde l'appela Sepp.

Maria, ma grand-mère, avait trente-deux ans et elle avait mis sept enfants au monde.

Et puis elle tomba malade. Son ventre gonfla, on l'entendait hurler. Josef fit téléphoner au médecin. Celui-ci constata qu'elle avait l'appendice du mauvais côté. Maria mourut. Un mois après le début de ses souffrances.

Josef mourut une douzaine de mois plus tard. D'un empoisonnement du sang. Il s'était blessé en coupant du bois. À la fin, alors qu'il gisait sur la banquette du poêle dans son costume noir, ne pouvant plus se lever, brûlant de fièvre, le maire vint. Les esprits lui étaient tombés dessus pendant la nuit et l'avaient menacé de le tourmenter sans répit, jour et nuit, jusqu'à sa mort lointaine, s'il ne disait pas la vérité. La vérité, c'était qu'il ne s'était jamais rien passé entre lui et Maria, il aurait bien voulu, mais Maria l'avait repoussé, elle ne lui avait pas laissé une lueur d'espoir, pas la plus petite lueur, ni à lui ni à l'homme de Hanovre, Maria était la femme la plus fidèle au monde après la mère de Dieu, Grete n'était rien d'autre que sa fille à lui, Josef.

Tante Kathe racontait que son père avait écouté et hoché la tête. Avait-il vraiment compris, elle l'ignorait. Le lendemain il était mort. Et eux, les enfants, étaient seuls : Heinrich, dix-neuf ans, Katharina dix-huit, Lorenz dix-sept, Walter treize, Grete sept, Irma trois, Sepp deux.

Les enfants étaient tous assis sur le lit conjugal, les uns à côté des autres, le chien couché à leurs pieds, le chat faisait des câlins sur les genoux de Grete, les oiseaux se rassemblaient devant la fenêtre. C'était le printemps. L'odeur du fœhn pénétrait à l'intérieur par chaque interstice. Une mésange bleue raclait avec son bec la couronne de graisse et de graines de tournesol, Katharina avait répandu des petits morceaux de pomme pour les merles, les rouges-gorges, les pinsons s'affolaient quand la silhouette d'un épervier approchait. Un geai picorait de la bouillie de maïs séchée sur la véranda. Puis tout se tut.

« Quand le merle chante... », dit Grete, mais elle n'alla pas plus loin, comme si une autre idée lui était venue.

Walter et Grete étaient les blonds, ceux qui avaient de beaux cheveux, au milieu de leurs frères et sœurs noirauds ils étaient comme deux membres d'une famille étrangère.

Les parents habitaient encore dans les murs, la mère dans le sommier et le matelas, son odeur était dans les vêtements qu'elle avait quittés. Personne n'y avait touché, si bien qu'on aurait pu croire qu'elle allait sortir de la chambre et s'habiller. Heinrich essaya les habits neufs du père, ceux qui n'étaient pas noirs, parce que Katharina le lui ordonna, mais il ne se sentit pas à l'aise dedans. C'est à Walter qu'ils auraient le mieux convenu, mais ils étaient encore trop grands pour lui. Est-ce que je peux emprunter le foulard à franges de maman, demanda Irma, il sent son odeur.

Lorenz avait observé les chasseurs. Les avait suivis en douce. Il voulait savoir quand ils partaient à la chasse. Et combien de temps ils étaient dehors. Il voulait chasser avec Heinrich et Walter à un autre moment. Il s'agissait de bouffer, c'est tout. C'étaient les mots de tante Kathe : « À l'époque il s'agissait de bouffer, c'est tout. »

Lorenz possédait la carabine Fink. Elle était sa propriété. Que personne ne lui contestait. Ce serait Lorenz qui tirerait. Heinrich et Walter amèneraient la proie dans sa ligne de mire. Il abattrait le chevreuil ou le chamois, Heinrich et Walter emballeraient le gibier dans le grand drap et l'emporteraient à la maison. Lorenz marcherait à côté d'eux, la carabine non pas sur l'épaule, mais dans les mains, prête à tirer. En tout cas il y aurait des lièvres sur la table. Heinrich lui-même ne savait pas très bien quels oiseaux se mangeaient. Pouvait-on manger des merles ? Ils étaient les plus faciles à tirer. Ils se plantaient devant vous dans l'herbe et regardaient l'orifice du canon. Les rapaces ne se mangeaient pas, c'était clair. Les moineaux donnaient trop peu de viande. Les pigeons, il n'y en avait pas ici. Lorenz rêvait d'abattre un cerf, deux ou trois fois déjà il en avait eu un à portée de fusil. Il aurait gardé pour lui les bois et les aurait trimballés avec lui sa vie durant, où que sa vie le mène, et s'il avait su qu'elle le mènerait dans une deuxième guerre en Russie, où il déserterait et fonderait une seconde famille, il aurait dit : J'emporte les bois ! Mais mon oncle Lorenz n'a jamais abattu de cerf.

Il avait aussi eu des chasseurs à portée de fusil. Qui appelaient et agitaient les bras.

« Hé toi, le Fâcheux ! criaient-ils. Hé toi, le Fâcheux ! Ici c'est nous qui tirons ! »

Pour la première fois, ils lui donnaient ce nom. Ce qui signifiait qu'ils le respectaient. Et qu'ils attendaient qu'il se comporte en conséquence. Qu'il se montre digne de ce respect. S'il s'était débiné, ils auraient cessé de le respecter. Il souleva la carabine, cala la crosse contre son menton et les mit en joue.

« Fâcheux ! crièrent-ils. Aujourd'hui c'est nous qui tirons ! »

Ce qui ne pouvait signifier qu'une chose : Demain, vous pourrez. Qu'est-ce ça aurait pu signifier d'autre ? Et ça signifiait aussi : Nous sommes à égalité, il n'y a plus nous, il n'y a plus vous, nous sommes à la même hauteur, simplement vous êtes d'un côté et nous de l'autre.

« Baisse ton fusil ! » crièrent-ils.

Son cœur battait et il espérait que les chasseurs ne pouvaient pas voir sa veste de laine trembler au niveau du cœur. Il tint bon, ne baissa pas son fusil. Alors ils firent demi-tour. Et s'en allèrent. Ça ne signifiait qu'une chose : Aujourd'hui c'est vous qui tirez, demain ce sera nous. Donc l'inverse. Donc il avait gagné. Il était rentré à la maison, d'un pas lent, celui d'un homme qui aurait vingt ans de plus ou cent ans de plus, un esprit de la montagne apparu inopinément dans la forêt, que les chasseurs respectent et auquel ils cèdent le droit de chasser pour la journée. Arrivé à la fontaine, il avait appelé Heinrich et Walter. Et depuis ce jour, on se disait entre chasseurs : Quand le Fâcheux est dans la forêt, rentrez chez vous ! Prenez garde !

Il n'y avait personne au village qui n'ait de l'admiration pour Lorenz. Personne au village qui n'ait de l'admiration pour les Fâcheux. Ils n'étaient devenus vraiment les Fâcheux qu'après la mort de leurs parents. Personne ne doutait que Lorenz abattrait l'homme qui l'empêcherait de prendre soin de ses frères et sœurs. Mais personne ne doutait non plus qu'ils atterriraient tôt ou tard en prison. Tous autant qu'ils étaient, les Fâcheux au grand complet. Parce que : ils étaient des canailles. En dépit de toute cette admiration : ils étaient des canailles. Les femmes pieuses voyaient en eux des suppôts du diable. Si Dieu aimait ces enfants-là, il ne leur aurait pas enlevé si tôt leur père et leur mère.

Irma aux yeux noirs se tortillait devant le miroir et se trouvait très belle. Elle était maigre et ressemblait davantage à son père, même son visage pâle était comme le sien. Elle avait de grandes ambitions. Elle voulait épouser un homme riche et offrir une vie meilleure à la famille. Les choses ne se passeraient pas ainsi. À dix-sept ans elle tombera amoureuse de son professeur marié et cette grande rêveuse nourrira l'espoir chimérique de l'attirer dans son lit. Katarina et Grete avaient depuis longtemps un mari qu'elle était toujours célibataire et attendait que la femme du professeur meure. Plusieurs hommes la courtisèrent, elle les envoya tous balader, jusqu'à cet étudiant en théologie qu'elle dissuada d'entrer dans les ordres. Elle le prit pour mari, et tout le monde s'étonna que cet homme-là précisément réussisse à dompter ce tempérament qu'était Irma. Elle devint timide et finit par l'admirer. Il était bruyant, très bruyant, parlait si fort que deux maisons plus loin on entendait tout ce qu'il disait, et c'étaient des horreurs, quand il riait la vaisselle tintait dans l'armoire. Il était éducateur dans un foyer pour orphelins de père, un expert en bonnes œuvres. Il ne s'embarrassait de rien, bientôt il eut une seconde femme et vécut tantôt chez Irma, tantôt chez l'autre. Une vieille voisine solitaire lui légua sa maison. Parce qu'il était un homme très bien. Très bruyant, très grossier, mais très bien. Qui s'entretenait personnellement avec Dieu. D'où la voix sonore. Il entra en possession de la maison, et Irma avait honte quand elle croisait dans la rue les héritiers furieux. L'homme bruyant devint aveugle, apprit le métier de masseur et fut aimé des femmes qu'il massait à la cave.

Du temps où ils étaient encore les Fâcheux et vivaient au fond de la vallée, avant que la maison ne soit vendue aux enchères, Irma avait envisagé que la famille – qui ne se composait plus que des frères et sœurs, Heinrich, Katharina, Lorenz, Walter, Grete, elle-même et Seppele – pourrait émigrer en Amérique, c'était l'époque où ils n'avaient plus rien du tout. Elle avait lu que dans le Dakota du Nord on cherchait des gens, on vous donnait du terrain gratis et du bois gratis pour construire une maison. Ses frères et sœurs ne voulurent pas, et toute seule elle aurait été trop seule. Ensuite elle eut son mari bruyant, et fini les plans sur la comète.

Quand ils étaient encore les Fâcheux, les filles chantaient souvent à trois voix, assises sur le banc devant la maison au fond de la vallée, c'était si beau que le facteur adjoint en avait les larmes aux yeux. Depuis que Maria n'était plus là, il était déprimé, il n'avait pas supporté la mort de cette belle femme. Il allait souvent sur sa tombe une fois la nuit tombée, apportait des fleurs ou des branches. Il s'asseyait à la lisière de la forêt et écoutait les filles de Maria chanter, il rêvait d'entrer dans la famille et sur la tombe il parlait de Katharina, Margarethe et Irma qui chantaient si bien. Les jours de fête, il déposait des petits présents devant leur porte. Elles n'étaient pas censées savoir de qui ça venait. Mais elles savaient. Irma lui sauta au cou la fois où il y eut un bracelet parmi les cadeaux. Il était enveloppé dans du papier journal, avec son nom dessus. Irma était la plus belle à ses yeux depuis que Maria n'était plus là. Mais elle n'était pas aussi belle que sa mère. Aucune femme sur terre ne sera jamais aussi belle que Maria Moosbrugger.

Et mon oncle Sepp ? – Quand le petit Josef naquit, son père était heureux, il allait et venait dans la maison avec l'enfant sur le bras. Ce fils suivrait ses traces, il terminerait ce que le père avait commencé. Mais hélas. Cela n'arriverait pas. Qu'est-ce que le père avait commencé ? Josef, qu'on appela d'abord Seppele, puis Sepp, était un homme faible. Joli comme une fille. Il ne s'intéressait guère aux femmes. Quand son frère Walter, le séducteur, se lassait d'une fille, il la refilait à Sepp. La prostituée du pont sur le Rhin resta avec lui. Elle ne le rendit pas heureux. Elle lui donna une petite fille – Michaela aux boucles d'or –, à treize ans elle essaya de sauter par la fenêtre. Sepp divorça et confia la fillette à sa sœur Katharina. Elle veillerait à ce que Michaela reste dans le droit chemin et ne devienne pas comme sa mère. Mais Michaela sombra dans l'héroïne, attrapa le sida et mourut. Il y a un film éducatif sur le sida où elle joue le rôle principal. On le projette dans un but préventif.

Je suis allée voir mon oncle Josef mourant. Il était presque transparent.

Au Kunsthistorisches Museum de Vienne j'ai vu les *Jeux d'enfants* de Pieter Brueghel l'Ancien et ils étaient tous là, tous les Fâcheux, qui faisaient les fous à travers le tableau, riaient et chouinaient, se hurlaient dessus ou chuchotaient, j'étais devant et je ne pouvais m'empêcher de rire.

« Essaie de faire une pirouette ! » dit Irma à Grete, mais Grete préfère balancer ses jambes dans l'eau.

Walter construit un château de sable pour Seppele, lui-même se trouve trop grand pour jouer à ça, il préfère tenir un chapeau en équilibre sur un bâton.

« Essaie un peu de lutter avec moi ! » Lorenz titille son frère Heinrich qui revient juste de soigner les bêtes.

« Tout à l'heure on pourrait jouer aux billes, propose Heinrich à la place.

– Seulement quand tu te seras lavé », dit Lorenz.

À l'école les garçons veulent jouer à *presse-banc*, ça veut dire qu'on vous écrase le corps sous un banc et si vous êtes le douillet, le faible, on se moque de vous.

Les écolières jouent à *cygne colle*[1]. Grete est devant le poirier, les filles lui tirent les cheveux en criant : « Cygne, colle ! » Elle se met à pleurer et ne veut plus jouer.

« Voyons qui pissera le plus loin », dit Walter à Lorenz, et c'est Walter qui gagne.

Qui prend Sepp sur son dos ? Qui a le ballon ?

« Viens, on ramasse des branches pour le feu ! » crie Katharina.

« Si on ne va pas à l'église, on pourrait faire une procession à la maison, dit Irma. Grete répandra des fleurs, Katharina prendra la croix au mur et marchera en tête, les garçons porteront Seppele et feront comme si c'était l'Enfant Jésus.

– Je préfère tirer sur le tableau au mur, je préfère tirer dans l'œil du visage sur le tableau ! raille Lorenz.

---

1. Le jeu se réfère à un conte traditionnel allemand dont le héros doit libérer un cygne attaché à un poirier. Il sera le seul à y parvenir grâce au conseil d'une sorcière : chaque fois qu'un rival s'approche du cygne, il doit crier « Cygne, colle ! », et le rival reste collé.

– Tu ne peux pas faire ça, c'est la Vierge Marie sur le tableau », dit Seppele, qui porte une cape bleue et veut être une femme.

« Venez, on va se coucher, dit Katharina. Il est déjà minuit passé. »

Presque tous ceux dont je parle sont depuis longtemps sous la terre. Moi-même je suis vieille. Mes enfants sont vivants, sauf Paula qui n'a pas dépassé vingt et un ans. Je vais souvent sur sa tombe et je dis, tu vois, je viens te voir bien plus souvent que si tu étais encore en vie. J'aurais été gênée d'aller te voir si souvent. Tu aurais ouvert la porte et tu aurais dit : Maman, te revoilà.

« LES GRANDES TRADUCTIONS »

(extrait du catalogue)

VIOLA ARDONE
Le Train des enfants
traduit de l'italien par Laura Brignon

ELIAS CANETTI
Histoire d'une jeunesse, la langue sauvée, 1905-1921
Les Années anglaises
traduits de l'allemand par Bernard Kreiss
Le Flambeau dans l'oreille, histoire d'une vie, 1921-1931
traduit de l'allemand par Michel-François Demet
Jeux de regard, histoire d'une vie, 1931-1937
traduit de l'allemand par Walter Weideli
Le Livre contre la mort
traduit de l'allemand par Bernard Kreiss

VEZA ET ELIAS CANETTI
Lettres à Georges
traduit de l'allemand par Claire de Oliveira

ELIAS CANETTI ET MARIE-LOUISE MOTESIZKI
Amants sans adresse, correspondance 1942-1992
traduit de l'allemand par Nicole Taubes

DANIEL DEFOE
Robinson Crusoé
traduit de l'anglais par Françoise du Sorbier

EMUNA ELON
Une maison sur l'eau
traduit de l'hébreu par Katherine Werchowski

JOÃO GUIMARÃES ROSA
Diadorim
traduit du portugais (Brésil) par Maryvonne Lapouge-Pettorelli
Sagarana
Mon oncle le jaguar
traduits du portugais (Brésil) par Jacques Thiériot

DANA GRIGORCEA
La Dame au petit chien arabe
traduit de l'allemand par Dominique Autrand

GEORG HERMANN
Henriette Jacoby
traduit de l'allemand par Serge Niémetz

JUDITH HERMANN
Maison d'été, plus tard
Rien que des fantômes
Alice
Au début de l'amour
Certains souvenirs
traduits de l'allemand par Dominique Autrand

IAKOVOS KAMBANELLIS
Mathausen
traduit du grec par Solange Festal-Livanis

YASUNARI KAWABATA
Récits de la paume de la main
traduit du japonais par Anne Bayard-Sakai et Cécile Sakai
La Beauté, tôt vouée à se défaire
traduit du japonais par Liana Rossi
Les Pissenlits
traduit du japonais par Hélène Morita
Première neige sur le mont Fuji
traduit du japonais par Cécile Sakai

YASUNARI KAWABATA ET YUKIO MISHIMA
Correspondance
traduit du japonais par Dominique Palmé

DANIELA KRIEN
L'Amour par temps de crise
traduit de l'allemand par Dominique Autrand

GUYLA KRÚDY
L'Affaire Eszter Solymosi
traduit du hongrois par Catherine Fay

OTTO DOV KULKA
Paysages de la métropole de la mort
traduit de l'anglais par Pierre-Emmanuel Dauzat

MICHAEL KUMPFMÜLLER
La Splendeur de la vie
traduit de l'allemand par Bernard Kreiss

DORIS LESSING
Le Carnet d'or
Les Enfants de la violence
traduits de l'anglais par Marianne Véron
Journal d'une voisine
traduit de l'anglais par Marianne Fabre
Si vieillesse pouvait
traduit de l'anglais par Natalie Zimmermann

PRIMO LEVI
Le Système périodique
traduit de l'italien par André Maugé

THOMAS MANN
Les Confessions du chevalier d'industrie Felix Krull
Dr Faustus
traduits de l'allemand par Louise Servicen

SÁNDOR MÁRAI
Les Braises
traduit du hongrois par Marcelle et Georges Régnier
L'Héritage d'Esther
Divorce à Buda
Un chien de caractère
Mémoires de Hongrie
Métamorphoses d'un mariage
Le Miracle de San Gennaro
traduits du hongrois par Georges Kassai et Zéno Bianu
Libération
Le Premier Amour
L'Étrangère
La Sœur
Les Étrangers

Les Mouettes
Ce que j'ai voulu taire
La Nuit du bûcher
Dernier Jour à Budapest
Journal, t. 1, Les Années hongroises, 1943-1948
traduits du hongrois par Catherine Fay

ROSELLA POSTORINO
La Goûteuse d'Hitler
traduit de l'italien par Domoinique Vittoz

CHRISTOPH RANSMAYR
La Montagne volante
Le Syndrome de Kitahara
Atlas d'un homme inquiet
Cox ou la course du temps
traduits de l'allemand par Bernard Kreiss

MORDECAI RICHLER
Le Monde de Barney
traduit de l'anglais (Canada) par Bernard Cohen

DONAL RYAN
Par une mer basse et tranquille
traduit de l'anglais (Irlande) par Marie Hermet

MADELEINE ST JOHN
Les Petites Robes Noires
traduit de l'anglais (Australie) par Sabine Porte
Rupture et conséquences
traduit de l'anglais (Australie) par Anouk Neuhoff

ALEX SCHULMAN
Les Survivants
traduit du suédois par Anne Karila

ARTHUR SCHNITZLER
Gloire tardive
traduit de l'allemand par Bernard Kreiss

SOPHIE TOLSTOÏ
À qui la faute ? Réponse à Léon Tolstoï
traduit du russe par Christine Zeytounian-Beloüs

F.X. TOOLE
Coup pour coup
traduit de l'anglais (États-Unis) par Bernard Cohen

NICK TOSCHES
La Main de Dante
Le Roi des Juifs
traduits de l'anglais (États-Unis) par François Lasquin
Moi et le diable
traduit de l'anglais par Héloïse Esquié

DUBRAVKA UGRESIC
Le Ministère de la douleur
traduit du serbo-croate par Janine Matillon

ERICO VERISSIMO
Le Temps et le Vent
Le Portrait de Rodrigo Cambará
traduits du portugais (Brésil) par André Rougon

Composition IGS-CP
Impression CPI Bussière en février 2022
Éditions Albin Michel
22, rue Huyghens, 75014 Paris
www.albin-michel.fr
ISBN : 978-2-226-45847-6
ISSN : 0755-1762
N° d'édition : 24309/01 – N° d'impression : 2062897
Dépôt légal : mars 2022
Imprimé en France